隣の席になった美少女が惚《ほ》れさせようとからかってくるがいつの間にか返り討ちにしていた

荒三水

ill. さばみぞれ

vol. 1

「うふふ……。よろしくね」
鷹月唯李《たかつきゆい》
"隣の席キラー"

「くっそ、すました顔してぇ～。見てろよ見てろよ～……！」

「もうやぁ……
おねえちゃやぁん、
助けてぇ～」

「おっ、これは久しぶりにかわゆいモード来たかな」
鷹月真希《たかつきまき》
唯李の姉。

おかえりなさいませ

ゆきくん様！
成戸瑞奈《なりとみな》
悠己の妹。

隣の席になった美少女が惚《ほ》れさせようとからかってくるがいつの間にか返り討ちにしていた

vol.1

CONTENTS

隣の席になった美少女が惚れさせようとからかってくるがいつの間にか返り討ちにしていた①

荒三水

MONSTER
bunko

神席

「ほんとラッキーボーイだよ、お前は！　しかも窓際の一番うしろとかマジ神席じゃん！」

朝の登校時間。

下駄箱で靴を履き替えていた成戸悠己《なりとゆうき》は、朝っぱらからクラスで唯一の話し相手である速見《はやみ》慶太郎《けいたろう》に捕まった。

今日もガッチリ髪を逆立てた慶太郎は、腕まくりしたシャツを第二ボタンまで開けて、さほど暑くもないのに扇子でしきりに首筋に風を送っている。

「窓際はやっぱりいいよね」

「窓はおまけだよ！　なにしらばっくれてんだよ」

悠己がここ東成陽《ひがしせいよう》高校の第二学年を迎えて、はや二ヶ月。

新しいクラスの雰囲気も落ち着いてきた頃に、教室で席替えが行われた。

ペタペタと音を立てて廊下を歩きながら慶太郎が騒いでいるのは、まさにそのことだ。

くじ引きで悠己が引き当てたのは、窓際一番うしろの席。

そしてその隣の席は、クラス一……いや学内でも指折りの美少女だともっぱら噂だという鷹《たか》月唯李《つきゆい》。

「オレだけじゃなくてクラスの連中みんな言ってるからな？　いったいどんな確率だよって。もう数年分の運使い切ったな」

「どうせなら宝くじでも当たってくれたらよかったのに」

「なんでそういうこと言うかな？　ていうかもっと喜べよ！　マジで冷めてんなぁ」

悠己にしてみたらよくわからないところで勝手に運を使うような真似はしてほしくなかったというのが正直なところ。

いつも冷めてる冷めてると言われるけども、悠己にしてみたら慶太郎が熱いのだ。

この前も「毎日暑苦しい日めくりカレンダーめくってそう」と言ったら「めくってたら悪いか？」と真顔で返された。

「そんな興味なさそうなすました顔して、実は昨日の夜からずっとあれこれ考えちゃってんじゃないの？　あ〜話しかけられたらどうしよう何しゃべろう〜とかって。このムッツリが」

慶太郎に言わせると、悠己は人よりリアクションが薄いらしい。そしていつも眠そうらしい。なんかぬぼ〜っとしている、というのだ。

それ以外は、別段取り立てることのない普通の平凡な男子高校生だ。少なくとも悠己本人はそう思っている。

「別に俺なんかに話しかけてこないでしょ」

「んなことはない。彼女は隣の席になった男子によく話しかけるという習性がある。お前みたいな影の薄いやつだろうがなんだろうが」

「習性って、そういう虫か何か？」

「今まで隣の席になった男子はもれなく告白して、そして残らず玉砕してるってウワサだ。てかこの話、前にもした気がするんだが」

慶太郎によると、要するに話しかけてくるからといって、必ずしも好意があるというわけでもないらしい。

単純に隣の席の男子に話しかけられずにいられない、そういう性質なんだと。

「まあ一部の間では『隣の席キラー』なんて異名もつけられてるからな。クラスの連中とお前が何日もつかって予想してたんだけど、せいぜい三日だろとか言われてたぜ。まあオレはお前のことを買ってるからさ、一週間にしといてやったよ」

一方的に勝手なことをまくしたてられてバシバシと肩を叩かれながら、教室に到着する。

教室に入るやいなや、慶太郎はうるさくあちこちあいさつ回りに行って煙たがられ、かたや悠己は誰ともあいさつを交わすことなく、自分の席に直行する。

なぜそんな二人が親しげかと言うと、たまたまだ。

体育で二人組を作りなさい、で慶太郎はうざがられて余って、悠己は忘れられて余った。そして合体。

それが高校一年の去年の話で、二年生になった今年もたまたま同じクラスになった。

何事も、たまたまなんだと思う。

だから成戸悠己が、鷹月唯李の隣の席になったのもたまたまだ。

（あんまりうるさかったらやだなぁ）

悠己は大きくあくびをしながら、ゆったりとした足取りで窓際の自分の席に向かう。

机にカバンを置き、椅子を引いて腰掛けるなり、隣でスマホをいじっていた唯李が、こちらを見て軽く笑いかけてきた。

「おはよ」

「……おはようございます」

「うふふ、なんで敬語？」

「そんなに仲良くないですし」

「仲良くないって……クラスメイトじゃん」

「クラスメイトだけど、今までしゃべったことなかったですし」

「じゃあ、もうしゃべったからタメ口でいーよ」

唯李はくすくすと口元をほころばせながら、どんどん懐に入ってくる。

このクラスになってからおよそ二ヶ月が経ったところだが、これまで彼女とはあいさつ含め一切の会話をした記憶がない。

お互い席も遠く、それ以外でもまったく接点がなかったというのもあるが、それが隣の席になった途端これだ。

もちろん悠己の中身が変わったわけでも、ただのクラスメイトという関係性が変わったわけでもない。

どうやら隣の席キラーという異名は伊達《だて》ではないようだ。

ちなみに悠己は隣の女子とは基本しゃべらない習性がある。

相手から話しかけられでもしない限り、用もなしに自分から話しかけるようなことはない。

来るもの拒まず、去るもの追わずのスタンス。そんなだからクラスの中でも若干孤立気味だ。

あいさつもそこそこにカバンの中身を机の中に詰めた悠己は、それきり黙って文庫本を取り出して読み始める。

なんとなく横から視線を感じたが気にせずにいると、不意に隣の唯李がこちら側に軽く身を傾けて声をかけてきた。

「ねえねえ、何読んでるの？」

「本」

「なかなかだねぇその返事、ベルリンの壁そそり立ってるねぇ～」

「もうとっくに崩壊してるけど」

「たとえが古かったか。じゃあ今は無防備な感じ？」

「壁はまだあと二つある」

「誰が巨人だよ」

唯李はおかしそうに笑ったあと、少し意外そうな顔になって体ごと悠己のほうへ向き直った。

「へ～。成戸くんって意外に拾ってくれるんだ」

「待った、ココ」

悠己は腕を伸ばして、机の数センチ横に指で線を引いてみせる。

「だいたい机のこのへんからが俺のゾーンだと思うんだけど」

「ゾーン？　なるほど成戸ゾーンですか……。そこにうっかり入ってしまうとどうなるの？　吸い寄せられる？」

「俺が『……えっ？』てなる」

「……なにそれ。さてはその本……いかがわしい本かな？」

急にそう言われて内心少しぎくりとしてしまう。

しかし表面上はあくまで本を注視したままでいると、唯李はいきなり身を乗り出して手元を覗き込んできた。

「うぉえっ」

「ちょっ、何いきなりえずいてるの？」

唯李の突然の行動に「えっ？」の最上級が出てしまった。

かすかに茶色いミディアムヘアがふわっと揺れて、独特の甘い香りが鼻をつく。

彼女は距離をキープしたまま、まるで一緒に読むように本に視線を落としてくるので、悠己はぱたんと本を閉じて机の上に置いた。

唯李は「あ、閉じられた」と言って自分の椅子に座り直すと、

「『ツァラトゥストラかく語りき』……？　なんかむずかしそーなの読んでるねぇ。もしかして成戸くんて、哲学青年ってやつ？」

「いや断っておくけど俺は、普段こんな本読まないから」

「……なんでそんないやらしい本でも見つかったみたいな言い方？」

ある種非常にいやらしいとも言える。

なんだかよくわかっていないのに「まぁね」なんてカッコつければ、あっという間に痛い人のできあがりである。

「これはその、なんか偉そうに持ち上げられてるから何がそんなにすごいのか気になって」

「……なんか恨みでもあるの？　それで何がすごいのかわかった？」

「いやさっぱり。意味不明でイライラする」

「……じゃ読むのやめれば？」

彼女に言われたからというわけではないが、このまま読み続けるのはどうにもやりにくい。

悠己はすごすごと本を引っ込めて机の中に押し込む。

すると唯李は少し悪いとでも思ったのか、カバンをゴソゴソとやって中から一冊の文庫本を

取り出した。

「ねえねえ、あたしちょうど読み終わった本あるんだけど、貸してあげよっか、これ。『君の肝臓を破壊したい』」

「それは猟奇殺人小説？　それかアル中の話か」

「と思うでしょ？　実は読んでびっくり感動の恋愛ストーリーだよ」

「俺そういうの読めないから。無理」

「え〜なんでなんで〜。貸してあげるから読みなよ、面白いよ」

「他人からもらったものは喉を通らない体質なんだ」

「それどこの忍び？　ていうか食べる気？」

恋愛という単語を聞いただけで自然と拒否反応が起こる。

厳密には拒否反応というか虚無反応というか、生まれてこの方彼女どころか女友達すらできたことがない悠己には、まさに縁のないものだ。

唯李が無理やり本を押し付けてこようとするが、悠己は腕組みをして断固拒否の姿勢を取る。

「娘はやらん、出直してこい！」

「勝手に変なアテレコしないでくれるかな」

「くすくす、だって言いそうなんだもん。成戸くんて変わってるね」

「変わってないよ、普通だから」

俺ほど普通で平凡なやつもいない。

そう思っている。

「よかったぁ。隣が面白い人で」

「いや全然、面白くないから」

俺ほどベタでありきたりなやつもいない。

そう思っている。

「うふふ……。じゃあ、改めてよろしくね」

唯李がかすかに首をかしげて、笑いかけてくる。

このとき、初めて悠己は間近で正面から彼女の顔を見た。

かすかにアーチを描く眉にさらりとかかる前髪。くるくると大きな瞳に末広の二重まぶた。

すっと筋の通ったやや小ぶりの鼻と、色つやのよい唇はほころんだ口元によく映える。

(なるほどこれが……)

クラス――……いや学内でも指折りの美少女と評判の隣の席キラー……というやつか。

ここまで来るともはや優劣どうこうではなく、タイプというか好みの問題だろう。いわゆる美人系ではなくかわいい系。

そんな子が、すぐ近くで屈託のない微笑《ほほえ》みを向けてくる。

「ん、どうかした?」

「いや……」

悠己の視線に気づいたのか、唯李はぱちぱちと瞬きをして不思議そうに尋ねてくる。

目をそらした悠己の目線は、彼女の目元から口元に移っていた。

（歯並びがいいなぁ。うらやましい）

他人事のようにそう思っていると、ちょうど予鈴が鳴ってすぐに担任が姿を現した。

悠己がぱっと教卓のほうへ顔を向けると、唯李は「なんだよ〜気になるなぁ」と笑いながら同じように前を向いて座り直した。


朝のホームルームはいつもどおりつつがなく終わり、再び教室が騒がしくなる。

すると隣の唯李が机から教科書やノートやらを取り出しながら、またも話しかけてきた。

「ねえ成戸くん。あのさ、一限の英語……今日絶対あたしさされると思うんだけど、予習の訳、ちょっと不安だからどんな感じか見せてほしいなぁって……」

唯李は「お願いします！」と大げさに両手を合わせてぺこっと頭を下げてくる。

「……ダメかな？　イヤならいいんだけども」

「いや、見せるのはいいんだけども……残念ながら予習やってないんだ。いろいろゴタゴタしてて」

「ええ……やってないって……。のんきに本とか読んでる場合じゃなくない？」

「もうどうせ間に合わないいし」

それきり会話を終了しようとすると、ちょっと待てと言わんばかりに唯李が身を乗り出してくる。

「あのね、あたしがさされたらそこから横に、みたいに普通に成戸くんもさされる可能性高いからね？　三浦《みうら》先生怖いしヤバイよ」

「大丈夫。覚悟はできてる」

「なんの覚悟それ？　カッコよく言ってるけど開き直ってるだけでしょ」

唯李は「まったくもぉ……」とぶつくさ言いながらノートをぺらぺらとめくると、開いたページを見せてきて、

「いいよほらこれ。あたしの見せてあげるから」

「いや、こういうのは自分でやらないと意味がないし」

「……やってない人が偉そうに言うセリフじゃないよね？　そういう人が隣にいると、あたしのほうがハラハラして落ち着かないから、ほら」

「なるほど共感性羞恥《しゅうち》か……いやそれとも……」

「いいから早く写してくれる？」

無理やりノートを押し付けられてしまった。

悠己としては覚悟を決めていたところ拍子抜けだったが、言うとおりにしないと今ただちに

唯李に怒られそうなので、自分のノートを取り出して書き写し始める。

「あ……」

「何？　なんかおかしいところあった？」

「字がきれいだ」

「え、え～っ……？　そ、そーかなぁ、別に普通だと思うケド……」

「と思ったらそうでもないか」

「早くして」

唯李に急《せ》かされ、急いでなんとか写し終わる。

それとほぼ同時に予鈴が鳴って、間もなく教師がやってきた。

英語の三浦はメガネをかけた四十後半の男性教師で、授業中はもちろん提出物などにも厳しいともっぱらの評判。

予習をやっていないことがバレると、授業中その場に長いこと立たされることもある。

さらに朝一発目ということもあり、ややピリピリしたムードで授業は始まった。

あいさつもそこそこに三浦は教卓の上で教科書類を広げると、

「えー、今日は六月三日……。じゃあ十八番、鷹月」

「は、はい！」

「……の隣から行くか。成戸、油断してたろ」

にやっと笑いながら言った。

少しふざけたところを見ると、どうやら機嫌はそこまで悪くはないらしい。その一言で教室の雰囲気がいくぶん和《やわ》らいだ。

ただここでの応答次第では、いつ態度が豹変《ひょうへん》するかわかったものではない。

いやがおうでも悠己にクラス全員の注目が集まる。

しかしそんな空気の変化も我関せずと、悠己はついさっき唯李のノートから丸々写した部分を淡々と読み上げた。

「エクセレント。すばらしい、よく予習してあるな」

隣の唯李が満面の笑みでこっそりピースピースを送ってくる。

実際、今のは唯李が褒められたようなものだ。

「じゃ次。鷹月」

「えっ、結局あたしですかー⁉」

「当てないとは言ってないぞ。さっきから何をカニの物真似してるんだ」

「か、カニの真似なんてしてません！」

どっと教室が湧く。

すっかり顔を赤らめた唯李が、焦った口調でところどころつっかえながら訳を答える。

「う〜ん、少し誤訳があるけども、おおむねグッド」

そう言われて、唯李はほっと胸をなでおろすような仕草をする。

しかしそのあと、なぜか「むー」と軽く口を尖らせてこっそりこちらに視線を送ってきた。

どうすればいいかリアクションに困ったので、唯李の真似をしてピースをしてみる。

にやりと不吉な笑みが返ってきた。


そのあとは何事もなく、平和に授業が終わった。

教室が休み時間の喧騒に包まれるなり、唯李は無言のまま
じろっと睨《にら》みつけてくる。

何やら文句を言いたそうにしていたが、しかしすぐにころっと笑顔になって、

「ふふ、二人ともあてられちゃったね。やっぱりノート見せておいてよかった」

「ありがとう、助かりました」

「次からちゃんとやらないとダメだからねー」

「うん」

何の気なしにそう答えると、何がおかしいのか唯李は声を出して笑いだした。

「うん、だって。なんか素直でかわいいね。くすくす、成戸くんおもしろー」

(よく笑う人だなぁ)

隣の席キラーはなんと言っても笑顔の破壊力がヤバイ。かわいすぎる。胸がはうっ！　てなる。

……などと慶太郎が力説していたことをふと思い出しながら、じっとその様を観察する。

彼女の笑顔を見ているうちに少し思うところがあり、悠己はつい口を開いていた。

「あの、鷹月さんて……」

「ん？　なーに？」

「その……ちょっと言いにくいんだけどさ」

「どしたの？　いいよ全然、何でも言ってみなさい」

悠己が口ごもるが、唯李はやっぱり笑顔のまま、優しい声音《こわね》で応じてくれる。

それなら思い切って、正直に言ってみるのも手だ。

「次の数学の宿題って……やった？」

「……あのさぁ」

あれだけ優しかった目元が、ジトっとした目つきに豹変する。

やっぱり何でも、は罠《わな》だ。悠己はそう思った。

◆　◇

昼休み。

悠己が家から持参したおにぎりを一人自分の席で頬張っていると、パタパタとスリッパの音を立てて慶太郎がやってきた。

紙パックのジュースにストローを立ててちびちびやりながら、「どうよどうよこの席は」としきりに尋ねてくる。

ちなみに現在、唯李はよそで女子グループに混じって昼食をとっていて席には不在だ。

「立ってないで座れば？」

壁際に寄りかかっている慶太郎に向かって、空いている唯李の席を指さす。

だが慶太郎はぶんぶんと首を横に振って、

「オイオイ誰の席だと思ってる。そんなことしたら殺意の波動飛んでくるだろ」

「どこから？」

「あっちこっちの野郎連中に決まってるだろ。表向き紳士を装っててもスキあらばその椅子をくんくんしてペロペロしたいと思ってるやつらばっかだからな」

「変態ばっかりだね」

匂いはともかくそんなもの舐めても木の味しかしないと思うのだが。

慶太郎は唯李の席に向かって拝むような仕草をしたあと、悠己に耳打ちしてくる。

「……ところで、どうなの。お隣さんの感触は」

「いや、すごくいい人だと思うよ」

即答すると、慶太郎は「はは～ん」と顔をにまにまさせて、

「あら〜まさかの半日KOですか。まぁ、成戸ならもう笑顔であいさつされただけで即落ちするんじゃ？　とかみんな言ってたけどな」

「宿題とか見せてくれるし」

「……それ普通にいい人じゃん。そういう話じゃなくてな……てかなんでがっつりお世話になってるわけ？　お前が頑張れよ、いいとこ見せろよ」

どうしてそうなったのか詳しく聞かせろよ、と顔を近づけてくる。

いちいち話すのもめんどくさいので、黙って残りのおにぎりを一気に口に入れると、慶太郎は急にしたり顔になって悠已の肩に腕を載せてきた。

「一応忠告しておくけどもだ。もしかしていい感じかも……？　なんて思っても、残念ながら彼女、誰とも楽しそうに話すから。あんまり舞い上がらないほうがいいぞ」

「いや思ってないけど」

「つまりあくまで隣の席効果だからな。勘違いするなよ」

まるで吊り橋効果のように言うが、そんな効果は聞いたことがない。

話半分に聞いていると、唯李が足早に席に戻ってきた。

机の中をごそごそやって何か取り出すと、ちらと一度悠已たちを見たきり、またグループの輪に帰っていく。

「なんで腰引けてんの？」

あのうるさい慶太郎のことだから、ここぞとばかりに何かしら声をかけるかと思っていたが、なぜか唯李を避けるようにコソコソしている。

「い、いや、オレはあれだよほら。中学も同じだったから、まあいろいろとね……」

「それなんか関係ある？　まぁ別にどうでもいいけど」

「もうちょっとオレに興味持てよ。お前探偵だったら失格だぞ。重要な手がかり逃すぞ」

二人になった途端グチグチとうるさいので無視していると、再び唯李が席にやってきた。

すると慶太郎が今度はいきなり窓の外を眺め始めたので、何かあるのかと一緒になって外へ視線を向けると、とんとん、と肩を叩かれる。

振り向くと唯李が腰をかがめながら顔を近づけてきて、ややトーンダウンした声で、

「ねえ成戸くん、さっきの話……忘れてる？」

「え？　あ……。……忘れてないけど？」

「絶対忘れてたでしょ今の反応」

唯李に予習やら宿題やら見せてもらった悠己は、お礼に昼休みにジュースをおごる、という話をしたのだが、二つ授業をまたいで完全に忘却の彼方だった。

「今すぐ行ってくる。飲み物何がいい？」

「うーん、何があるのかなぁ……。じゃ一緒に行く？」

「え？　別にいいけど……」

急に言われて少し面食らったが、断る理由もない。

しかしこれは当然慶太郎が茶々を入れてくるだろう……と思いきや、いつの間にか慶太郎は逃げるようにいなくなっていた。

それならそれでうるさくなくていい。悠己は椅子から立ち上がると、唯李と連れ立って教室を出た。

そして悠己たちは、校舎一階の売店脇、自販機が立ち並ぶ一角にやってくる。

このあたりは時間帯によってはそれなりに混雑するのだが、今は少し時間が中途半端なこともあり、人影はまばらだった。

自販機の前で飲み物を選んでいる生徒の背後に立つと、隣で立ち止まった唯李が口を開く。

「……ねえ、成戸くんってかなーり無口なタイプ？」

「いやそんなことないけど。普通だよ」

「ここまでひとっこともしゃべらないとか普通じゃないよね」

「それはお互い様でしょ」

一応ずっと廊下を一緒に並んで歩いてはいたが、お互い謎の沈黙を守ったままここまでやってきてしまった。

「あたしは、成戸くんがいつしゃべるのかないつしゃべるのかなーって様子見てただけ。そしたら着いちゃったの！」

「そうそう、俺もそれ」

「……ほんとに？」

嘘ではない。これまでのようにてっきり向こうから何事かしゃべりかけてくると思っていたのだ。

もしかすると唯李の中では高度な心理戦が繰り広げられていたのかもしれないが、悠己は単純に自分から話題を振るのがあまり得意ではないだけだ。

唯李はどうにも腑に落ちない顔をしていたが、急に上目遣い気味になって顔を見つめてきた。

「あ、もしかして～……緊張してたのかな～？」

「緊張？　……してたの？」

「あ、なんでもない。なんでもないでーす」

唯李はふるふると首を振ると、それきりこの話は終了とばかりに前を向く。

目の前では、さっきからカップルらしき男女が自販機の前で肩をつつきあっていた。

「ねぇねぇたっくんは～？」

「ん～どうしよっかなぁ。ミキはなにがいい～？」

「え～……。ミキはぁ……決められなぁ～い。たっくんの好きなのにして～？」

「じゃあせーので一緒に好きなの押そっか。ためしにためしに」

「よぉし、たっくんとおんなじのにするぅ～」

などとやりつつ、二人組は自販機前に陣取って盛大にキャッキャウフフしている。

周りが見えていないのかわざとなのか、そのあともたっぷり時間を使いようやく飲み物を買うと、互いに腕を絡ませながらその場を離れていく。

するとその一部始終を真顔で眺めていた唯李が、遠ざかっていく二人の後ろ姿を見ながら、

「……チッ」

「今舌打ちしなかった？」

「してないしてない、そんなことしてません～。……成戸くんはああいうの見てなんか思わないの？」

「別に……邪魔だなって」

「ふぅん……なんか初めて意見が合ったかもね」

「やっぱり舌打ちしたでしょ」

「だからしてないって。ダメだよそういうのは、心が汚れてるよ？」

唯李はそう言って悠己の鼻先に人差し指を立ててみせると、どれどれと自販機のほうへ目線を走らせる。

「成戸くんのおすすめは？」

「う～ん。この中だとド◯ぺかな」

「それ以外で」

それ以外だと特にない、と言うと、唯李はさっさとストレートの紅茶を選んだ。

小銭を投入して買ってあげるついでに、自分の分も購入する。

そして早速毒々しい色の液体が入ったペットボトルの蓋を開けて飲んでいると、唯李が若干眉をひそめながら、

「……それ、おいしい？」

「おいしい。飲んだことないなら飲む？」

手にしたペットボトルをそのまま唯李に向かって差し出す。

唯李は悠己の顔と手元を一度交互に見たあと、飲み口を指さしながら、

「いやでも、それ……」

「ああ、この口のこっち側から飲んだから、そっち側なら大丈夫」

「……なんでそんなギリギリを攻めさせようとするわけ？」

「だって言うから……俺はそういうの別に気にしないけどね」

「ふ、ふ～ん……？　ま、まぁあたしもね、一応言ってはみたけど、たかがそのぐらいで騒ぐほどのものじゃ……」

「じゃどうぞ」

すっとペットボトルを手渡す。

しかし唯李はつい受け取ってしまったけどどうしようという顔で、いつまでたっても飲もう

としない。

しまいにはなにか訴えかけるように顔を見つめてくるので、

「……何？」

「えっと……その、じ、じっと見られてると飲みにくい！　ちょっと後ろ向いてて！」

わけもわからず回れ右をさせられる。

別に着替えをするわけでもあるまいし、どうしてここまでしなければならないのか。

などと考えているうちに「もういいよ」と声がかかり、振り返りざまに素早くペットボトルを手元に押し返されるが、中身はほとんど減ってないように見えた。

「あれ？　飲んだ？」

「飲んだ」

「減ってなくない？」

「飲んだ！」

そんな顔赤くして半ギレで言わなくてもいいのに、と思う。

どうやら味のほうがだいぶお気に召さなかったようだ。

◆　◇

授業が終わって放課後になると、悠己は一人教室を出て図書室へ向かった。

カバンから借りた本を取り出して、受付カウンターに返す。今朝唯李に見つかった本だ。

折り悪く付近にいた女性教員と目があってしまい、

「あ、どうだった？」

「いやぁ、難しかったです」

「ふふ。そう」

ニコニコと面白そうに笑いかけられる。

さすがに「意味不明でつまらなかったです」とは言わない。

なぜか妙に気に入られているのだ。借りるときにもなんやかんや話しかけられた。

また変な本を薦《すす》められてはたまらんと、そそくさと図書室を出てそのまま昇降口へ向かう。

「あれ？　成戸くんじゃん」

下駄箱を開けて靴を取り出そうとしていると、横から不意に声をかけられた。

振り向くと唯李が小さく手を上げて近づいてきた。

「今帰り？」

「そうだけど」

唯李は軽く微笑んで後ろを通り過ぎると、同じように靴を履き替え始めた。

先に下駄箱を閉めた悠己は、その唯李の背後を素通りして外へ出ていく。

今日の天気は朝から崩れ気味で、今にも雨が降り出しそうな空模様だった。つと足を止めて空を見上げていると、

「あーやっぱ雨降りそうだねー」

追いついてきた唯李が、隣に並んで同じように空を見上げながら言った。

また話しかけられると思ってなかったので、少しぎょっとして唯李を見る。

「成戸くんって歩き？　家どのへんなの？」

「中街通りの端のほう」

悠己は基本家から学校までは歩き。

以前は自転車だったが、朝居眠り運転をしていて、道路脇の溝に突っ込んで壊して以来徒歩通学だ。

とはいえ自宅から学校へはさほど遠いわけではない。この学校は近いから、という理由で選んだようなものだ。早足でいけば片道三十分ほどで済む。

「へえ、そうなんだ。あたし今日駅まで歩きだから、途中まで一緒に帰ろっか？」

その唯李の申し出に悠己は一瞬耳を疑った。

教室で隣り合っている間だけならばまだわかるが、さしもの隣の席キラーといえどそれはやりすぎだと思う。

偶然の流れだと言われてしまえばそれまでかもしれないが……ここでああだこうだやっても

仕方ないので、言われるがままに一緒に下校することになった。

「今日の朝までろくに話したこともなかったのに、なんか不思議だね」

校門を出た先の道路を歩きながら、唯李は相変わらずニコニコと隣で笑顔を振りまいてくる。

周囲にはクラスメイトはもちろん同じ学校の制服の影もなくなって、彼女が周りの目を気にして仲良くしてくる、というような線もどうやら消えた。

「そうだね」ととりあえず相槌《あいづち》を打つが、そのあとが何も続かない。

女子と二人きりで一緒に下校する、というのが初めての経験で勝手がわからないというのもあるが、悠己はもともとそういうタチだ。

黙りこくっていると唯李はしびれを切らしたのか、横からじっと顔を見つめてきて、

「ねえねえ、なんかしゃべってよぉ」

「なんかって何？」

「なんでもいいから。面白い話」

そしてこの無茶振り。

俺芸人じゃないから、と一言突き放そうかとも思ったが、普通を自負するなりに普通なりの面白い話をしてみせたほうがいいかと思い直す。

「ええと、今日読んだ本の話なんだけど」

「うんうん」

「ルサンチマンっていう超人キ○肉マンいそうだなって」

「ごめん何の話か全然わかんない」

何でもいいと言ったのに強制終了させられた。

まあ面白い話というのはプロでも難しいと言うし、素人ましてや普通な自分がそうそう笑いを取れるはずもない。

こんなものだろうと悠己が勝手に満足していると、唯李が聞いてもいないのにひとりでに話し始める。

「あたし、駅までいつも自転車なんだけど、雨のときは歩きなの。中街通りの端のほうって、歩きだと結構かかるよね？　そういえば成戸くん、傘は？　折りたたみ？」

「今日持って来るの忘れた。まぁ降ったら降ったでそのときかな。最悪濡れるだけだし」

そこらのコンビニで買うという手もあるが、あまり無駄金は使いたくない。

唯李は手にしたビニール傘を竹刀のように構えると、

「ふーん……。雨降ってきたら、入れてあげようか？」

首をかしげて悠己の顔を覗き込んでくる。

いきなりそんなことを言われてなんと返すべきか迷っていると、唯李はふふん、と満足げに息を吐いた。

「昼のお返しだよ」

「はい？」

「半沢だよ」

「はあ？」

会話が噛み合わないでいるうちに、いよいよ雨がぱらつき出した。

「あ、ほんとに降ってきちゃった」と言って唯李は手に持った傘をばっと開いて、ちらりと視線をよこしてくる。

「いーれて。って言ったらいいよ」

「いやいいっす」

「じゃ入れてあげなーい」

唯李は口をいーっとやって顔を近づけてきて、すぐにわざとらしく二、三歩距離をとった。

降り出したと言ってもまばらで、さほどの強さではない。

ただ少し急いだほうがいいかなと、足取りを早めようとすると、ふと体に当たる雨の感覚がなくなった。

いつの間にかすぐ近くに寄ってきていた唯李が、傘の持ち手をわざとらしく持ち上げながら、

「これ成戸くんが持ってくれたほうが楽なんだけどなぁ」

悠己と唯李とでは、肩の高さに握りこぶし大ほどの差がある。ちょうど悠己の口元ぐらいに唯李の頭がくる。

唯李は悠己の足元から頭まで一度ざっと視線を走らせると、

「けっこうスタイルいいよね」

「それは嫌味かな」

そう言う本人も抜群にいい。

悠己の身長が前回の身体測定のときに百七十四センチだったので、唯李はおそらく百六十ぐらいだろう。

腰の位置から察するに、きっと足が長いのだ。傘を支える腕もスラリと細く長い。

前に慶太郎から、腰からお尻にかけてのラインがエロいとかなんとかそんな話を聞かされた。

ふと慶太郎で思い出したが、もし一緒の傘に入っているこんな状況を見られでもしたら、いったい何を言われるやら。

男子連中はみんな彼女のことが気になっているというし、なんとなく落ち着かない感じがした悠己はすっと横に一歩ずれて、傘の下から外に出た。

「ちょっとなんで逃げるの」

「言うほど降ってないし」

「降ってないって……あ、わかった。恥ずかしいんだ～」

口元をにやつかせながら唯李はしきりに指をさしてきて、何やらご満悦のようだ。

しかし実際傘から外れてみると、早くも雨はほぼほぼ止んでいた。

「だいたい降ってないって、そんなわけ……」

　唯李は軽く傘を傾けると、手のひらを上にかざしてみせて、

「って止んでるー！」

　ずるっと体をのけぞらせる。

　悠己がうんともすんとも言わずその様子を眺めていると、唯李は若干顔を赤くして傘をたたみながら、こほん、と咳払《せきばら》いをした。

「……今の、面白くなかった？」

「面白かった……と思うよ。たぶん」

「じゃ笑おうよ。というか面白くなくても笑おうよここは。すごく不安になるから。愛想《あいそ》笑いって大事だよ？　成戸くんって、あんまり笑わないよね」

「いや俺リアクション薄いだけだから。心の中ではちゃんと笑ってるから」

「それリアクション薄いとかそういう話なの？　腹の中で笑ってるって、それ小バカにしてるやつじゃなくて？」

「ううん全然、そんなことないって」

「じゃあ今笑って？　一回笑ってみせて」

　唯李は真顔でそんなことを言いながら、必要以上に顔を近づけてくる。

　ここまでされるとさすがの悠己も少し辟易《へきえき》する。

何をそんなムキになっているのか、何だってこんなに自分にしつこく構ってくるのか。

ずっと違和感があったが、ことここに来て、急に悠己の頭の中に一つのひらめきが生まれた。

「あのさ俺……推理小説とかミステリーとか、結構読むんだけど」

「うんうん」

「犯人の考えとか、企みとか……推理するのが得意でね。そういうのにはちょっとばかし自信があるんだ」

「へえへえ。それがどうしたの？　急に」

「今、考えてること、当ててみせようか」

「え？　あたしが？　へ〜、面白そう。やってみせてよ」

唯李は俄然《がぜん》乗り気になる。

初めて悠己のほうから積極的に話を振ったので、少し驚いているようでもあった。

らんらんと目を輝かせ待ち構える唯李に向かって、悠己は満を持して言い放つ。

「ずばり……君は。隣の席になった男子を自分に惚《ほ》れさせる、というゲームをしている」

ズビシ、と顔を指さしてやると、唯李は「はて？」と一度首をかしげた。

が、やがて勢いよく腕を振りかぶったかと思うと、

「当たり」

人差し指をさしかえしてきた。

そして指先を悠己の指に近づけてきたので、ETされる前にさっと腕を下ろして回避する。

するとは唯李は立てたままの指を、謎掛けするように顔と一緒に小さく斜めに傾けた。

「……って言ったらどうする？」

「って言ったらじゃなくて当たりなんでしょ？」

「ち・が・う！　何を言うのかと思ったら、なんなのそれ。あたしって、そんなことしそうに見える？　てゆーかそんなことしてどうするわけ？」

「それは、面白がってとかそういう……」

動機までは知ったことではないが、そうでないと数々の行動に説明がつかない。

逆に言うとそれなら一発で全部解決するわけで、悠己にはずばり言い当てられた犯人が悪あがきをしているようにしか見えない。

「どうせやるならもっとイケイケで将来有望そうな男子を狙えばいいのに」

「だから違うって言ってるでしょ。そんな趣味悪いことしないから」

「じゃあなんで俺につきまとってくるの」

とうとう言ってやった。

悠己としては、核心を突かれた唯李が冷や汗だらだらにしどろもどろになる場面だと思っていたのだが、どうしてか彼女は不思議そうに目をパチパチさせると、

「つきまとうって別にそんな……。あっ、わかった。そういうふうに言うってことは……つま

り惚れそうってこと？」

急に上目遣いになって、いたずらっぽい笑みを浮かべてそう言った。

これにはさすがの悠己もブフッと吹き出さざるを得ない。

「あっ、笑った！　やった！」

「……いや、なかなか面白いことを言うなぁってね」

「ん～？　何も面白いことは言ってないんだけど～？」

唯李が何やら勝ち誇ったような顔を近づけてくる。

ここで黙ってしまうと妙な誤解を生んでしまうと思ったので、悠己はついその先を口走った。

「それで惚れさせといて、告白してきたら振るんでしょ？　タチが悪いね」

「それって何？　誰かがそう言ってたの？」

返ってきた唯李の言葉は、若干怒気をはらんでいた。こんな強い語気は初めてだった。

よくよく思えば悠己の情報源といったら慶太郎の言うことだけなので、正確に裏を取ったわけではない。

もしも違ってたら非常に失礼なことではある。悠己は素直に頭を下げた。

「ごめん、今のなんでもない。忘れて」

「なんでもないって言われると、余計気になるんだけど。……でもなんか面白そうだから、そのゲームやってみようかな」

「……はあ？」

思わず顔を見ると、唯李は再びニコっと笑った。

「だって成戸くんって、笑うとかわいいなって思って。今一瞬ドキってしてた」

そしてあっけにとられる悠己の顔を指さしてきて、

「んふふ、今のかお～。意識した？　落ちた？　実はあたしねー……前から成戸くんのこと、ずっと気にはなっていたんだけど、話しかけるきっかけがなかったから。だから、今は隣の席になれてうれしーな」

えへへ、とはにかむ。

手の早いことに早速ゲームが始まってしまったらしい。

こうなったらもう、なんでも言ったもん勝ちみたいなところはある。

でもまぁちょっと突っ込んでやればすぐにボロを出すだろう、とオウム返しに質問する。

「……どうして俺のこと気になってたって？」

「なんか、ずっと一人でつまらなさそうにしてて、斜に構えてそうなところとか。うちのクラスって結構男子もみんなグループで群れてるじゃん？　でもだいたいいっつも一人で……俺は一人が好きなんだよ話しかけんなオーラがあって……。あたしそういう人ってなんか気になっちゃって、実際どういう人なんだろうって」

とっさに出たごまかしにしては、それなりに作り込んでいるようだ。

しかし彼女は根本的に勘違いをしている。

唯李はきっと悠己のことを、彼女はもちろん友達もろくにいないぼっちの陰キャラで、不満を抱えた鬱屈《うっくつ》とした毎日を送っていて、笑い方すら忘れた寂しい男。

とでも思っているのだろう。

だが悠己は単純に、眠いことが多くて、あんまり自分からは話しかけられなくて、そしてリアクションが薄いだけで、学校生活に現状これといった不満はない。

まあ友達もろくにおらず孤立気味、というのは間違いではないが、今のままでそれなりに幸せなのだ。本人の中では。

「で実際話してみたら面白いし、もっと仲良くなりたいなぁって」

「そんな面白い話をした記憶はないんだけど」

「ん〜話が面白いっていうか、なんか楽しい。間《ま》とか」

「間？」

なんだか難しいことを言うと思った。

それが彼女の本心なのか、いわゆるゲームなのか判然としなかった。

ただあまり誤解されても困るので、悠己は珍しく自分の考えを口にする気になった。

「多分いろいろ思い違い……してると思うんだけどさ。冴えない人は冴えないなりに、それ相応にしてればいいだけで。だってどこも体に痛いところも悪いところもなくて、毎日普通にご飯食べられてちゃんと眠れるだけで、十分幸せでしょ？」

「へぇ〜……ずいぶん達観してるんだねぇ」

「まあ母親の受け売りなんだけどね。だんだんそう思えるようになってきた」

「それはなかなかに教育熱心なお母様で……。ってことは、他にもいろいろ厳しくされてるのかな？」

「いや今は全然。三年前に病気で死んだから」

悠已がなんともなしにそう言うと、唯李ははっとしたような顔をして、首をうなだれた。

「……ごめん。なんか茶化すように言って」

「いや全然謝ることじゃないけど」

そうなだめるがまったく想定外のことだったのか、唯李はすっかり意気消沈してしまった。

元気な子が沈んでいる姿。違うとわかっていても、どうしても嫌な記憶を思い出させる。

そういうのは、二度と見たくない。それは悠已が幸せでいられる条件に反する。

無意識のうちに腕が伸びていた。開いた手のひらを彼女の頭に優しく触れさせる。

「大丈夫、大丈夫……」

あやすように言いながら、手をゆっくり前後に動かして髪を撫で付ける。

しばらく無言の間があったあと、突然がばっと顔を上げた唯李は、自分の頭に伸びている腕を見て「え？」と目を点にして固まった。

何が起こっているのかわからないようだったが、ようやく状況を把握したようで、みるみるうちに顔が真っ赤になっていく。

　そして急にぶんぶんと頭を振って、慌てて悠己の手を払いのけた。

「ち、ちょっと‼　な、なに頭触って……！」

「あ、ごめん……。ついいつものくせで」

「いつものくせ⁉　いっつも女の子の頭なでなでしてるの⁉」

「いや女の子っていうか、妹の……。ていうか顔すごい赤いけど大丈夫？」

「い、いやこれは！　びっくりしただけだから！　いきなりでびっくり！」

「そっか。元気ならよかった」

「よくはないけどね？　そうやって女の子の頭気軽に触ったらダメなんだからね⁉　頭なでたら落ちるのはハーレムアニメのヒロインだけですから！」

　唯李は悠己の顔に向かって、噛みつかんばかりの勢いでまくしたててくる。

　しかし唯李の顔面が尋常でないほどに赤いのがいよいよ心配になってじっと注視していると、唯李は見られるのを避けるようにくるりと踵《きびす》を返して背を向けた。

　そして呆然としたままの悠己を置いて、

「くっそ、すました顔してぇ〜。見てろよ見てろよ〜……！」

　ブツブツと謎の捨て台詞を吐きながら、逃げるように足早に去っていった。

兄の日

それから十数分後、また雨に降られないうちに、悠已は急ぎ足で帰宅した。

悠已の家は学校から駅までの道を途中でそれた先、住宅街が立ち並ぶ五階建てのマンション二階の角にある。

エントランスホールを抜け、上昇中のエレベーターを待たずにさっさと階段で二階へ。

部屋はベランダ付きの3LDK。現在は父と妹の三人暮らし。

朝早くから都内まで仕事に出ていく父は、帰宅も夜遅い。

さらに現在は長期出張中で、関西のマンスリーマンションにいる。毎週末に一度、様子を見に帰ってきたり来なかったり。

そのため普段は悠已と三つ下の妹、瑞奈《みな》の実質二人暮らしだ。

鍵を開けて入っていくが、ぱっと見瑞奈の靴は見当たらず、家の中は暗く無音。

(瑞奈はどこかで道草食ってるのかな?)

しかしリビングに足を踏み入れるなり、パンパン！　とクラッカーを鳴らす音が響いた。

てっきり誰もいないと思っていた部屋にパチリと電気がついて、妹の瑞奈が勢いよく目の前に飛び出してくる。

Tシャツ短パン姿の瑞奈は、椅子付きのテーブルの上を指さしながら、

「じゃじゃーん。みてみて！　瑞奈がゆきくんのお誕生日ケーキ作りました！　サプライズ！　驚いた？」

「うん、びっくりした」

「やったぁ、ゆきくんをびっくりさせたぁ！　やってやったぜ！」

瑞奈は軽く飛び跳ねてみせると、無理やり悠己の腕をとってテーブルまで連れて行く。

そしてされるがまま、悠己は椅子に座らせられ、お誕生日ケーキとやらに対面させられる。

目の前の皿の上にそびえるのは、プレーンロールケーキに生クリームを塗りたくって、べたべたと缶詰の果物をくっつけた見るからに胃もたれしそうなケーキだ。

瑞奈が一人で完璧なホールケーキを自作したらそれはそれで驚きだが、これはこれでなかなかに斬新と言える。

「どうぞ、召し上がれ～」

「瑞奈、俺今日誕生日じゃない」

「しってるしってる。誕生日前祝い」

「後祝いかな。どちらかと言うと」

「べつに誕生日じゃなくても誕生日ケーキ食べたっていいよね」

「なかなか斬新な発想だね」

今日は本気で悠己の誕生日でも何でもない。

怒涛《どとう》の勢いを冷静に突っ返すと、瑞奈は顎に手をあてて考えるような仕草をして、

「誕生日がダメなら、うーんと……。そうだ！　母の日、乳の日があるわけだから、兄の日があってもいいと思うんです」

「父のイントネーションちがくない？」

「ケーキ作ったついでに今日を兄の日にしよう！　ゆきくんバンザイ！　ゆきくんマンセー‼」

元気よく万歳三唱。どうやらノリで突っ切るつもりらしい。

でもまあ楽しそうだから何でもいいか、と悠己もあまり細かいことにはこだわらない。

というか毎日こんな調子なので、いちいち突っ込んだり驚いていると身が持たない。

悠己のリアクション薄い体質は瑞奈によって培《つちか》われたと言っても過言ではないのだ。

「でも俺一人だけ食べるのもなんか悪いなぁ」

「気にしないでゆきくん。瑞奈はもう自分のぶん喰らったから」

「すでに後の祭りだったわけね。あと喰らった言うな。こういうときは、いただきました」

「いただきました！」

びしっと敬礼。

瑞奈の口調が丁寧だったり悪かったりするのは矯正途中だからだ。

そうでなくても単語のチョイスというか、言葉の使い方が独特でちょっとおかしい。単に誤用が多いとも言える。

ちなみに悠己の名前は正確にはゆうき、なのだが瑞奈の発音が舌足らずでイントネーションが先頭にくるので、ゆきくんと聞こえる。

「ところで瑞奈はお腹いっぱいだから、今日ご飯いりませーん」

「一人で大きいの食べたでしょ」

ヒューヒューと音の出ない口笛を吹きながら、瑞奈は素知らぬ顔で反対側の椅子に腰掛ける。

おそらく勝手にケーキを作って食べると怒られるから、と言うか食べてしまったから、誕生日祝いということにすればいいという結論に至ったのだろう。

「どお？　おいしい？」

悠己がケーキにフォークを突き立てるすぐ横で、瑞奈はテーブルに両ひじをつきながらじっと顔を見つめてくる。

黒目の大きなつぶらな瞳に、まだ幼さの残る口元。とても小顔で体も小柄で、肌がやたら白い。

最近の瑞奈は、肩にかかる長さの黒髪を両耳の上あたりで縛って、ツインテール状にしている。なんかのアニメキャラの真似らしい。

「おいしいよ。ちょっと甘いけど」

「よかったぁ、へへ。ねえ、一口ちょーだい」

「瑞奈はもうさんざん食べたんでしょ？」

「あーん」

勝手に口を開けて待ち構えるので、フォークで生地をすくって放り込んでやると、瑞奈はにへら、と口元を緩ませる。

兄の悠己からしても、瑞奈の容貌は特にこれといって文句を付けるところがないぐらいにはかわいらしい。あくまで見た目は。

それなりの女子も瑞奈と比べると霞《かす》んでしまうため、悠己の目は肥えていて美少女というものにもある程度耐性がある。

悠己がやや父親寄りなのに対して、瑞奈は今は亡き母親似だ。子供の頃の母の写真を見るとうり二つなまでによく似ている。

父いわく、学生時代の母はそれはもう学園のアイドル的存在で、手の届かないお姫様のようだったと。

佳人薄命とはよく言ったものだ、からのそれを射止めたオレすごいとすぐ自慢話になる。

瑞奈も瑞奈で、自分の好きなところ「顔がかわいい」とか言っちゃうような子だ。

とはいえ中身はお姫様とはほど遠いが。

「これから三日に一回は作ってあげるね」

「いやそれはいいよ」

本人的には決して悪気があるとかふざけているというわけではない。

いや多少ふざけてはいるのかもしれないが、サービス精神旺盛なのだ。悠己を驚かせて楽しませたいという意識が根底にある。

瑞奈に見守られながらケーキを平らげると、キッチンへ行って皿を流しにおいて水で浸す。

傍らに生クリームまみれの皿が置いてあってうっ、と思ったがとりあえず見なかったことにしてリビングへ戻り、ソファーに腰掛けテレビを流す。

すると瑞奈がすぐ隣に座ってきて、ふあぁ……と大きなあくびをするなりうとうととまどろみ始めた。

そのままぼーっとテレビのニュース等を眺めていると、いつの間にか時刻は夕方六時を回っていた。

ぐたっとソファーに身をもたれた瑞奈は、すーすーと静かな寝息を立てている。

瑞奈がご飯はいらないというのなら、自分一人でさっさと適当に済まそう。

そう思って戸棚からインスタントラーメンの袋を取り出すと、水を入れた鍋に火をかけて麺を投入。

卵とかもやしとか冷蔵庫にあったものを適当にぶち込んでしばらく煮込み、鍋のままテーブルへ持ってきて箸を突っ込む。

貧乏くさいからやめろと、父にはこの食べ方が不評なのだが今は気にしない。

麺をすすっていると、いつの間にか起きてきた瑞奈がテーブルに両手をついて、なぜかこっそり耳打ちしてくる。

「一口ちょーだい」

「飯いらないんじゃなかったの」

「あーん」

リアクション芸人みたくなりたいのか熱いから自分で食え。と箸を渡す。

うまくすすれないためもむもむとゆっくり麺を吸い込んだ瑞奈は、口をもぐもぐとさせながらくるっと回転し、

「お風呂入ってくる！」

「まだお湯入れてないよ」

「いれてくる！」

どたばたどたばたと部屋を出ていって、すぐに帰ってくる。もう一口ちょーだい、とやって待機。

しばらくして風呂のアラートが鳴るや、またもや慌ただしく出ていく。

「お風呂入ってきた！」

そして数十分後、湯気とともにバスタオルを体に巻き付けた状態で戻ってきて、ソファーで

スマホをいじっていた悠己の前に立ちふさがる。

「まーたそんな格好で……」

何やら妙な笑い方をした瑞奈が、突然ぱっと両腕を左右に大きく広げる。

「えっへっへ……」

するとするするっと体に巻き付いたタオルが床に落ちた。

突然さらされた素肌が、天井の明かりを照り返して光る。

腕、肩、腰回り、足。シミひとつない白い肌の胸部と腰元には、薄いピンクで揃えたブラジャーとパンティ。

慌てるでもなくタオルを拾い上げることもせず、瑞奈がしてやったりと笑いかけてくる。

「安心してくださいはいてますよ～……。どう？　びっくりした？　びっくりした？」

「安心も何も、それアウトなやつだよね」

「なんで？　はいてるからセーフですよ。これ、この前買ったやつなのかわいいでしょぉ～」

瑞奈は脇に手を当ててポーズをとると、パンティの腰元の生地を軽く引っ張ってみせる。

「うん、かわいいかわいい」

悠己はそう言ってさらりと流す。

別に、とでも言おうものなら機嫌を損ねるのは間違いない。

しかし実際は瑞奈の下着も普通に洗ったりするので見慣れているのだ。

瑞奈は腕をやったぁ、とさせて、全身を見せびらかすようにくるりとその場で回転を始める。

「わかったから服を着なさい服を」

そう注意すると、瑞奈は椅子の背もたれに脱ぎっぱなしでひっかかっていた制服のブラウスを羽織った。

しかしこれだと上は隠れるが、下はやはり見えている。際どいラインを攻めてしまっている。

「下は」

「いいよぉ暑いし」

見えるか見えないかはあまり問題ではないらしい。

とはいえこれもいつものことで、暑いと言って風呂上がりはなかなか服を着たがらない。

下着単体で見るならなんとも思わないが、実際着用しているとなると少し話は違ってくる。

ここ最近、腰にくびれが出てきてお尻も膨らんできて、何より胸が急成長しているのだ。

そして本人にはそういう自覚があまりないところがよろしくない。

瑞奈が無防備に足を折り曲げてぼふっとソファの上に座るので、悠己はあさってのほうに目を背けながら、

「また風邪引いても知らないよ」

「ひかないもーん」

それに何より、生まれつきの体質なのか瑞奈は体調を崩しやすい。そのへんも母親譲りと言

える。

楽だしよく眠れる、と言って夜も下着姿のまま寝たりと、本人の素行の悪さも相まって風邪なんかは定期的にやるのだ。

やがて瑞奈がドライヤーで髪をゴーゴーとやり始めた。

「手伝って」と言われ、後頭部の髪を手ですくいながら温風を当ててやる。

指通りのよいさらさらのストレートな黒髪だ。シャンプーなどは同じものを使っているはずなのに、やたらいい香りがする。

髪を乾かし終わると、瑞奈はせわしなく立ち上がって、一度自分の部屋に引っ込んだ。

そしてすぐにゲーム機を手に戻ってきて、

「ゆきくん一緒にゲームやろ！」

「今から宿題やるからダメ」

宿題もそうだが、英語の予習は毎回やらないといけないのだ。

唯李に次からちゃんとやりなさいと言われてしまった手前、またサボるわけにもいかない。

「え～そんなのあとでやればいいじゃん～」

瑞奈が悠己の腕を取ってゆすり始める。

こうやって毎度毎度邪魔をされるのだが、こうなるとなかなか言うことを聞かない。

それになんだかんだで、悠己は瑞奈には甘い。

「わかったよ、ちょっとだけね。でも対戦すると瑞奈容赦なくボコってくるしなぁ」

「じゃ瑞奈がゲームやるから見てて」

「なにそれ」

そう言いつつも、おとなしく付き合ってやる。

というか瑞奈が勝手にゲーム機を接続し、テレビの前に陣取ってしまった。

悠己が見守る中、瑞奈は一人でゲームのコントローラーをカチャカチャとやりながら、

「ねえねえあのスターどうやって取ると思う？」

「急に言われたってわかんないよ」

「も〜。ゆきくんゲームって言ったらあれしかやらないもんね、『逆転裁判官』。好きだよねぇ〜ああいうの。そのくせいつまでたってもクリアできてなかったし」

「まぁ所詮ゲームだからね。あれは現実とはちょっとわけが違うし、想定より意外と単純だったりね」

瑞奈は何がおかしいのか、口元をおさえて笑いをこらえる仕草をする。

悠己は推理モノやミステリーが好きなくせに、思惑をことごとく外すため、父や妹には的外れキャラとしてよくからかわれる。

ただ悠己としては、毎度ちょっと深読みしすぎてしまっているぐらいにしか思っていない。

なのでそういう扱いは不本意だ、というと、コントローラーを手放した瑞奈が急に立ち上が

り、ソファの上に座っていた悠己の頭に手を伸ばしてきて、

「よしよし。お兄ちゃんはかわいいね～」

猫撫で声を出して頭に触れてくるので、手でしっしと振り払う。

今から一年ぐらい前だったか、「いつまでもお兄ちゃんはなんか子供っぽい感じがする」だとか言いだして、呼び方が変わった。

だからこうやって瑞奈が急にお兄ちゃん呼びをしてくると少し違和感がある。

「ゲームは？」

「飽きた～」

「つけっぱなしにしないで消しなよ」

「ごろごろごろ」

するすると背後に回り込んだ瑞奈が、体重をかけて寄りかかりながら抱きついてくる。

昔からよくやるじゃれかたではあるが、やはり体が……主に胸が成長してきてしまうと、どうしても感触その他諸々に問題が出てきてしまうわけで。

「なでり、なでり」

瑞奈が勝手に悠己の手を取って、自分の頭を撫でさせる。

手刀を作ってずべし、とやると、がぶっと噛みつかれそうになるので手を引っ込めた。

しかしふと思い立ち、今度は悠己のほうから手を載せて頭を撫でてみると、へにゃっと瑞奈

の口元が緩んだ。

「これ、嫌じゃない？」

「んなわけない」

「女の子は気安く頭を撫でられるのは嫌だと」

「それはきっとツンデレってやつだね。でもどしたの急に」

「いや、別に……」

瑞奈の意見はやはりあまり参考にはならなそうだ。

そのあと瑞奈は頭を撫でられるがままにしばらく悠己に体を預けていたが、急に「はい、これでおしまい」と言って悠己の手を離した。

ならばこちらもちょうどいい具合と、立ち上がって風呂場に向かおうとすると、今度は「待って」と服の裾《すそ》を引っ張られる。

「伸びるからやめて」と振りほどくと、瑞奈が急に神妙な面持ちになって「そこ座って」と床の座布団を指さしたので、仕方なく言うとおりにする。

対面にやけに行儀よく正座した瑞奈は、やはり真面目な顔で言った。

「お兄ちゃんに大切なお話があります」

「はい、なんでしょうか」

嫌に真剣なので、こちらも茶化さずに応えてやる。

瑞奈は少しうつむいて一度タメを作ったあと、さっと顔を上げ、まっすぐ目を見つめてにっこり笑いかけてきた。

「いつもありがとう。お兄ちゃん大好きだよ」

なんのてらいも恥ずかしげもなく、唐突にこういうことを言う。

いきなりの不意打ちに少し驚きはしたものの、悠已も慣れたものであからさまに顔に出すようなことはない。

同じく微笑を浮かべて、優しい口調で返してやる。

「俺も瑞奈のこと大好きだよ」

「うん。知ってる」

しかしこちらはあっさり返された。

こくりと頷いた瑞奈は得意げに胸を張って、

「瑞奈はお兄ちゃんのこと何でも知ってるからね」

「何を？」

そう尋ねると、瑞奈はよくぞ聞いてくれました、とばかりに鼻を鳴らす。

「お母さんがいなくなっても、お父さんは相変わらずだけど。お兄ちゃんがすごくがんばってるの、知ってるから」

瑞奈の発言はどうにも言葉が足らない感じだったが、悠已はおおよそ言わんとしていることを察した。

父は昔から悠己たちのことは母にあれこれ任せきりで、仕事第一なところがあったが、本当に仕事が忙しいのだ。

商社勤務の父親の仕事が激務なのはわかっている。今の出張が終わったら、今度はアジアのほうに行かされるかもしれないと言っていた。

ただそんなだから、瑞奈は父にはあまりなついていない。

前に瑞奈に「給料だけはいいもんね」と煽られて、オレ転職しようかなと父に愚痴をこぼされた。

といっても瑞奈もかつての母の口癖を真似ているだけで、実際のとこはよくわかってないだけだったりする。

母が亡くなって辛い思いをしたのは、みんな一緒だ。

悠己は最期の別れ間際に母から「お父さんをサポートしてあげて。瑞奈には優しくね、お兄ちゃん」と言われた。

遺言のようなものだ。悠己はそれを律儀に守り、父になるべく心配をかけないよう、家のことはできる限り自分でやるようにしている。瑞奈の面倒も含めて。

今回も父の出張の話が出たときに「二人で大丈夫か？」と聞かれて、ちょっとやばいかも、と思ったけども「全然大丈夫」と返事をした。

「だから、お兄ちゃんありがとう」

正座をした瑞奈は床の上に指先をついて、一度うやうやしく頭を下げた。

それからゆっくり顔を上げると、

「瑞奈のためにがんばって慣れない料理してくれてありがとう」

「うん。でも瑞奈は高確率でなにかしら残すけどね」

自分一人ならまだなんとでもなるが、瑞奈の口に合わせるとなると難しい。

「お兄ちゃんズボラで、ぶきっちょだけど……お掃除とかお洗濯とか、いろいろがんばってくれてたの知ってるから」

「そう言うなら自分のパンツぐらい自分でたたもうか」

お年頃の乙女の下着が、部屋の洗濯ばさみにぶら下がったまま放置されている。

「これからは瑞奈も、家事とかがんばるから！」

「火事にはしないでね」

正直あまりコンロとか触らせたくない。この前もアイロンでカーペットを焦がされた。

「だから……お兄ちゃん、今までありがとうございました。お世話になりました」

「なんか最終回みたいだね。本当になんでもない日に」

「えっ、どしたのお兄ちゃん……泣いてるの……？」

「いや泣いてないけど」

無理やり感動の場面を演出しようとしてくるが、やっぱり片方が下半身パンツ丸出しではそうはならない。

そもそも脈絡がない。風呂に入ろうとしたタイミングで呼び止めてする話なのかどうか。

悠己の煮え切らない態度に瑞奈はついに我慢の限界に達したのか、おすまし顔をムキーっとさせて、グーにした両手をぶんぶんと振り回しだした。

「んもう！　ゆきくんそうやってちゃかしてばっかり！」

「俺は客観的事実を言ってるだけだよ」

「とにかく！　お兄ちゃんはもう今日で最後！　兄の日にゆきくんは生まれ変わるんです！」

「どういうこと？」

「だってゆきくんは瑞奈のせいで、友達も、彼女も作れないでいたんだもんね。瑞奈のことをあらゆるすべてに優先したせいで……かわいそうに」

お兄ちゃんのことは何でも知っているはずの瑞奈に妙な誤解をされている。

元からできなかっただけ、とはちょっと言いづらいが、完全に友達ゼロみたいな言い方もやめてほしい。

正直なところそれらがいなくても、たいていのことは瑞奈と済ませてしまうのでさほど不自由には思わない。

買い物に行ったり遊びに行ったり。それは瑞奈にとっても同じことだ。

瑞奈は家ではこれだけ騒がしいが、外に出るととんでもない人見知りで、友達を家に連れてきたこともなければ、誰々ちゃんがね～という話をすることもない。

「へへっ、今日は学校で一言もしゃべらなかったぜぇ！」みたいなことを得意そうにドヤ顔で言われたときは、さすがにちょっとだけ怒った。

ただ悠己自身、あんまり人のことも言えない。

「瑞奈のこと好きすぎるのはわかるけども……そういうのシスコンっていうんだよ。シスコンには人権がないのです。ご近所に白い目で見られてもしょうがないし、就職とかも不利だから」

「マジか」

「だからいい加減妹離れしないとね。瑞奈もこれから友達作るから、ゆきくんも彼女作ること」

「いやその理屈はおかしい。なんで俺は彼女なんだ」

「ゆきくんは年上だからハンデなの」

「とんでもないハンデだな」

めちゃくちゃ言われているが、そう言う本人はいたって真剣である。

瑞奈は膝立ちをして前かがみになると、興味津々といった様子で悠己の顔を覗き込んできた。

「ねえねえ、ところでゆきくんは今好きな女とかいないの？」

「また言い方」

「なんか気になる子とか！」

そう言われて、とっさになぜか唯李の顔が浮かんだ。

というか単純に何らかの接触のある女子、となるともうそれしか思い浮かばないだけだった。

今日一日だけで、高校生活において他のどの女子よりも会話量が多い気がする。

「まあ、俺がどう思ったところで相手は俺のことなんて眼中にないからね。そもそもの格が違うというか」

「ってことはやっぱりいるんだ！」

「いや違う違う、そういうわけじゃなくて」

「へ〜へ〜」

何やら楽しそうだが、変に誤解されるとちょいと面倒なことになりそうなので、ぴしゃりと先手を打つ。

「いや、俺はそういうのいなくても幸せだよ普通に。瑞奈が元気なだけで十分幸せ」

「それぐらいで幸せって言ってたら、彼女できたら爆死しちゃうんじゃないの」

「なんで爆発するんだよ。瑞奈がこうやって、俺のこと気にしてくれるだけですごくうれしいよ。それでもうお腹いっぱいだから」

「えぇ〜？　そう言われると照れるなぁ、えへえへへ……」

瑞奈は恥ずかしそうに頭をかく。珍しく照れているようだ。

自然とこちらも笑顔になると、瑞奈は照れ隠しをするようにくるっと百八十度回転し、背中を寄りかからせるように押し付けてきた。

体を抱きとめてやると、瑞奈は首をひねって悠已の顔を見上げて笑った。

「ゆきくん。瑞奈は元気だよ」

「そっか。ならよかった」

「瑞奈はもう大丈夫だから。ゆきくんが幸せになってくれたら、もっと元気」

母を亡くしてずっとふさぎこんでいた瑞奈が、ここまで元気になった。

ろくにご飯も食べず、誰とも口をきかず、部屋に閉じこもって、学校にも行かなくなって……。

悠已はそれを根気よく見守った。母との約束だ。

瑞奈が泣いていたら、優しく抱きしめて、頭を撫でてあげた。笑顔が戻るまでずっと。

だからこれからも瑞奈には元気で、いつだって笑顔でいてほしいから。

「彼女……二次元とかでもいいかな」

「ダメに決まってるでしょ。と・に・か・く！　ゆきくんは今日から生まれ変わるの！　兄の日おめでとう！」

「兄の日はやっぱなんか違うかな」

悠己は瑞奈の髪を優しく撫でつけながら言った。

とはいえ、難しいものは難しい。

◆　◇

「ゆきくん、お背中流しましょーか？」

「いやいいって」

風呂場のドアごしに呆れ気味の兄の声がした。

今日こそちゃんと言えた。これでいいんだ。

大丈夫。わたしは、元気だ。元気で明るい妹なんだから。もう一人だって、大丈夫。

そう繰り返し、自分に強く言い聞かせることで、どきどきどきと鳴り止まなかった心臓の鼓動が、ようやく収まってきた。

（お兄ちゃん……）

瑞奈は風呂場の壁に背を向けて立ちつくしたまま、じっとシャワーの流れる音を聞いていた。

隣の席恐怖症

逃げるようにして悠己と別れ帰宅したその日の晩、ベッドに横になった唯李はいつになっても寝付けずにいた。

席替えのある日の前後はいつもそうだ。眠れずにいると、ついなんとなく思い出してしまう。

──うっわ、オレあいつの隣やだよ~マジハズレなんだけど。最悪。

小学四年の席替えのときだった。

隣の席になった男子が、そんなことをコソコソ言っているのを聞いてしまった。いやコソコソでもなくそこそこの音量で。

確かに当時の自分は、いわゆるハズレに属する人種だったであろうことは認める。

声が小さく話下手の引っ込み思案で、極度の恥ずかしがり。人前で笑顔を見せるのさえ恥ずかしがった。

友達もほとんどおらず、休み時間にすることといえば一人こっそりノートに漫画やアニメのキャラクターをお絵かき。

休みの日は、ひたすらお家で漫画やアニメ、ゲームに没頭。

だからそんなことを言われて、「こっちこそ最悪」だとか言い返すことなんてもちろんできず、そのまま家に帰ってきてめそめそと泣いた。

席替えが大嫌いになり、一気に学校に行くのが嫌になった。

自分の席にいる間は四六時中隣の子の言動にビクビクしながら、なんとか次の席替えまで、と我慢した。

だけど席替えをして、また他の子にも最悪って言われたらどうしよう。

もしそうなってしまったら、根本的な解決にならない。席替えのたびにこんな不安がずっと続くのだろうか。

考えに考えどうにも困り果てた唯李は、そのとき最も身近で頼れる存在であった姉に相談した。

するとなんだかよくわからないみたいな顔をされたあとに、こう言われた。

「じゃあ面白い子になればいいんじゃないの？」

今思えばかなりテキトーなアドバイスだったが、そのときの唯李はなるほどと思った。

実際同じクラスに明るくて面白い女の子がいて、彼女の席の周りにはいつもたくさん人が集まり、みんなから大人気だったのだ。

それからというもの唯李は、面白くて楽しい子になる研究を始めた。

少女漫画だけでなくギャグ漫画も読んだ。動画サイトで面白い人の配信を見て、テレビの漫才やバラエティ番組もかかさずチェック。

唯李自身はそれなりに頑張っているつもりでいたが、しかしそれだけで引っ込み思案のおとなしい子が、いきなりギャグ飛ばしまくりのおもしろ人間になるというのはやはり難しかった。いつかそのうち……と言いつつ、実際は一人で部屋でギャグアニメを見て笑い転げて「あー面白かった」で終了……が日課となりつつあった。

結局姉に「ほんとにやる気あるの？　とにかくノリよく楽しそうに、嘘でもいいからまず笑いなさい」と脅し気味に言われ、仕方なくそのとおりに演じてみることにした。

すると運良くそれが功を奏したのか、いつしか隣になった子に嫌がられるようなことはなくなっていた。

蓄えたギャグ知識が徐々に覚醒し、気づけば軽く冗談も飛ばせるようになり、なんだか明るくなった、と友達も増えるようになって、いいことずくめ。

だがそれも中学に入ってしばらくすると、徐々におかしな方向に向かい出した。

隣の男子にただ笑顔で元気よくあいさつしていただけなのに、いきなり呼び出されて「好きになりました」などと言われ始めてしまう。

その反面、小学生のときに面白くて人気だった子は、いつの間にかやかましくてうざい女扱いされていた。

唯李は成長した自分の容姿にあまり自覚がなかった。面白い子こそが正義と思っていた唯李はすっかり混乱した。

唯李としては、ただ隣の席の人に嫌われまいとしていただけ。

なんとか楽しませようと笑顔で、愛想よくしていたら、結果としてオーバーキルになってしまっていたらしい。

そのうちに自分が男子の間でやたらもてはやされている、ということも友人づてに聞いたが、どうにも実感がない。

さらにそれから何度目かの告白を受けて、唯李もいい加減思い知った。

もうこんなことはやめよう。普通に、普通にしていればいいんだと。

そう頭ではわかっていても、状況が改善するきざしは一向に見られなかった。

隣でむっすーとされると、何か自分が悪いのではないか、と思ってしまう。

前後の席が隣同士楽しそうに話していると、自分も何かしゃべらなければ、と思ってしまう。

隣の相手を楽しませないと、という無意識の強迫観念のようなものは、今現在も払拭されずにいた。

隣の席恐怖症。

こうなる以前の自分は、いったいどう振る舞っていたのだろうか。

いっそのことその頃の自分に戻ってしまえばいい、と考えることもあったが、今となってはそれがどうにも思い出せない。

どこか演じているという感じはあるのだが、もはや人格そのものが変わったらしく、オンとオフの境目が自分でもわからなくなってきている。

とは言っても今の自分の性格自体は嫌いではないし、なんだか陰気臭くてじめじめしていた頃よりはずっといい。

ただそれでもやっぱり、席替えが大っ嫌いなのは相変わらずだった。


ふぅ、とため息をつきながら、唯李は寝返りをうつ。

実を言うと今日の眠れない原因は、席替えのことではなかった。

──君は隣になった男子を自分に惚れさせる、というゲームをしている。

彼はものすごく真面目な顔でそんなことを言った。

そのときのしたり顔たるや、思い出すとおかしくなって笑えてきた。

(言うに事欠いてゲームって……。うーん、やっぱ天然なのかなぁ？　でもなんか、おもしろ
ー……)

自然とにんまり口元が緩む。

それだけなら少しおマヌケでかわいい……で済ませられたのだが、そのあとがよろしくない。

(なでなでされた……)

同年代の男子に頭を撫でられたことなどない。というかよくよく思い返すと頭を撫でられたこと自体、意外と記憶にない。

つまりヤツに初めてを……奪われた。不意打ちに奪われたのだ。

（しかも思いのほか手慣れてやがった！　正直ちょっと気持ちよかった！　声もめっちゃ優しかったし……）

あれはおそらく頭なでなでのプロなのだろう。

山ごもりしてひたすらなでなでして音を置き去りにした、そういう類のものに違いない。きっとそうだ。

（妹がいるって、意外にお兄ちゃんキャラ……？）

しかもそんなことしそうにないキャラだっただけに余計だ。

こっちはもう軽くパニックになって取り乱してしまい、無様な醜態を晒してしまった。

きっと「うわこの程度で顔真っ赤にしてるよちょっろ」とか思われたはず。思い出すだけで顔面が火照《ほて》ってくる。

（なんなのも〜ほんとに！）

思わず頭を抱えて両足をバタバタ。

前からなんとなく気になっていて、たまたま隣の席になって、話したら意外に調子があって、偶然帰りが一緒になって、なんでか頭を撫でられて、それからずっと気になってしまって……今ココ。

（いやいやないない！　どこのチョロインよ、しゃべって一日目だからね？　ハーレムアニメ

のヒロインでももっと耐えるわ）

そんなわけがないのだ。この感じはきっと何かと混同している。

そう、あれだ。驚きだ。単純にびっくりさせられてドキドキしただけ。そうに決まってる。

（くっそ、あの男〜……！）

こっちがこれだけ心乱されているというのに、向こうは今頃きっとすやすやと安らかな眠りについていると思うと腹が立ってきた。

なんだかんだで負けず嫌いなところがあるのだ。あの眠そうな顔を思いっきり真っ赤にさせてやりたい。こうなったら本気で惚れさせせゲーム上等だ。

やられたらやり返す。倍返し……いや倍々返し！

そう考えた挙げ句――。

その翌日、唯李は早くから台所に立って二人分のお弁当を作っていた。

これはもちろん今日学校で「成戸くんのためにお弁当作ってきたよ。はい」でおもむろに渡すためだ。

「……いややっぱこれダメでしょ……さすがにこれは……」

しかし唯李は作りながら躊躇《ちゆうちよ》していた。

いくらなんでも常軌を逸している。これは開戦直後にいきなり核兵器ぶっ放すレベル。

やっぱりこんなバカなことはやめよう……そう手を止めた矢先。

――ていうか顔すごい赤いけど大丈夫？

よかろう戦争だ。

ぶっ放してやろうではないか。

敵に回すと恐ろしいということを、早いとこわからせてやろう。

「初めてですよ……このあたしをここまでコケにしたおバカさんは……」

「な〜に一人でブツブツ言ってるの？」

「ひっ」

突然声がして振り向くと、パジャマ姿の姉の真希《まき》が眠たそうに目をこすりながら立っていた。

真希は唯李とは四つ違いの大学生で、のんびりおっとり癒し系タイプの美女。

デフォルトで笑っているように見える彼女は、唯李にとってても優しいお姉ちゃん……と見せかけて、しかしその実態は一言で言うとゆるふわ鬼畜眼鏡。

「ふぁ〜あ……何作ってるの？」

真希は甘ったるい声でゆっくりあくびをしながら、寝起きでバサバサになっているご自慢のふんわりヘアーを手で撫でつける。

今は眼鏡もコンタクトもしていないためよく見えていないのか、顔をしかめて唯李の手元を覗き込んできた。

「……あ、なんかいっぱいある。私の分作ってくれてるんだぁ、唯李ちゃんいい子だねぇ」

「違います」

唯李は体の位置をさっとずらして、作りかけの弁当を隠そうとする。

自分の分はいつも自分で作っているというか作らされているのだが、二人分あると間違いなく不審に思われる。

「じゃあそれはなぁに？　あ、もしかして彼氏でもできたの～？」

真希は冗談交じりにぽろっと言っただけのようだったが、唯李は内心ぎくっとしてつい持っていた菜箸を取り落としてしまう。

すぐにかがんで拾い上げると、水で洗いながらあくまで平静を装った口調で返す。

「ち、ちゃうちゃう。何を言いますかまったく」

「……え？　マジ？　イケメン？　写真とかないの？」

緩んでいた真希の表情が引き締まって、急にしゃべりが速くなる。

この豹変ぶりはやっぱりちょっと怖い。

「い、いや違うって言ったでしょ今！」

「顔が嘘ついてるね。唯李はすーぐ顔に出るからわっかりやすいよね」

「は、はあ？　どういう顔ですかそれは」

ぺたっと両頬に手をあててみるが自分ではわからない。

すると真希がふふふ……と怪しい笑いをしながら、

「ってことは、見つかったんだ？　理想の彼氏」

「へ？」

理想の彼氏。

その一言にとてつもなく嫌な予感がして固まると、姉の口角がゆっくりにや〜っと上がっていく。

「そ、それはいったいなんのことやら……？」

「え〜？　だって前にほら、ツイで」

真希はおもむろにスマホを取り出すと、何度か画面をタップし、するするとスライドさせながら何やら声に出して読み上げだした。

「理想……群れるの嫌い。友達少ない。なんか眠そう。無表情でポーカーフェイス。でも笑うとかわいい。身長そこそこあるけど大きすぎない。スタイルがいい。指がきれい。黒髪。ちょっとだけ天パ。目は切れ長の一重、と見せかけて奥二重。声低め。口数少ないけど声に色気がある。クールだけど意外に天然。素直。お兄ちゃん属性、弟か妹がいて、面倒見がよくて家族とは仲いい。家事とか得意。料理上手……」

「あ、あああっ⁉　ち、ちょっとそれ⁉」

「サブカルネタくわしい。むずかしそーな本読んでる。恋愛とか興味なさげ。けど付き合い出すと一途。よしよしって頭撫でてくる。口に出さないけど重たい過去を背負っている。……やば、読んでるだけで鳥肌立ってきちゃった。唯李ちゃんさあ……いい加減キモい妄想垂れ流すのやめたら？」

「な、な、なんでそれっ……」

「この前パソコンで開きっぱなしになってたからフォローしといてあげたよ。グッ」

「あああああ‼　鍵、鍵、ただちに鍵ぃぃ！」

「もう遅い」

詰め寄ってスマホを奪い取ろうとするが、真希に腕を高く伸ばされ届かない。

しまいにカウンターで胸を揉まれそうになったので、さっと後ずさって距離を取る。

「要するにこれ、ただの気持ち悪いぼっちの陰キャラじゃないの？　中二病こじらせてそーな……しかもなんか途中で矛盾してない？　こんなのいないでしょ……完全に少女漫画脳」

「そ、そんなことない！　惜しいのがいたの惜しいのが！」

「ほんと〜？　彼氏なんてできたことないくせに言うことだけは一丁前……」

「う、うるさいなあ！　いいからあっち行って……ひぁああっ⁉」

「相変わらずいい反応。唯李はかわいいねぇもう」

「ちょ、ちょっとぉやめてよ、もぉおお‼」

さわさわとお尻を撫で回してくる真希の手をわたわたと振り払う。

頭は撫でられないが尻はよく撫でられる。何の自慢にもならない。

真希は名残惜しそうに唯李の腰元を見つめていたが、急にキリッと顔を作って、

「彼氏ができるってことは、こういうことだからね？　この程度で恥ずかしがってちゃダメよ」

「いきなり真顔でかっこつけてごまかさないでくれる？」

「ああでも、手塩にかけた私のかわいい妹がどこぞの変な男に盗られるのは……。唯李のゆいは、かわゆいのゆいだから。知ってた？」

「知らない」

絶対違うでしょ、とジロっと睨んでやるが真希はなぜかうれしそうに笑っている。

真希は再びちらっとキッチンのほうへ目線を移すと、

「まずは胃袋をつかもうっていう魂胆なんだろうけど……実際男の子なんてね、こうやって……」

ずい、と体を近づけてきて、唯李の二の腕にぎゅうっと思うさま胸を押し付けてきた。かなりのボリューム。

さらに真希はすかさず口を寄せて、吐息混じりの声で耳元に囁《ささや》きかけてくる。

「……好きよ」

ぞくりと鳥肌が立った。

思わず「ひゃっ」と変な声が出てのけぞると、真希がうふふと笑って、

「って、やったほうが早いわよ」

「な、何言って……こ、この悪女め！」

「まぁめんどくさくなるから私はやらないけど」

「あたしだってそんなのやりません！」

「またまた、そんなやらしい体つきしてよく言う〜」

懲りずに胸に手を伸ばそうとしてくるので、きっちり両手で胸元をクロスしてガードする。

「やりませんっていうか、無理よね。超恥ずかしがり〜の唯李ちゃんには」

「べ、別に……そのぐらいあたしだって、その気になったら……ねえ？」

「ふっ」

思いっきり鼻で笑われた。

何を言おうと彼女にはもういろいろと……知り尽くされてはいるのだが、こうやって弄ばれてばかりはどうにも癪《しゃく》なのだ。

「それより私は、唯李が変な男に捕まっていいように調教されないか不安で不安で。やはりこの感度の良さはいかんともしがたい……」

「そっ、そんなのされるわけないでしょ‼　不適切な単語使わないでもらえます⁉」

「どうだかねぇ。そのガタガタの防御力で」

「ぼ、防御力？」

　笑顔こそすっかり板についてきたが、極度の恥ずかしがりはいまだに克服できていない。

　これまで相手を一方的に瞬殺してきた唯李に、守りなど必要なかったのだ。

「……ふ、ふんだ。攻撃は最大の防御って言葉、知ってる？　もうこっちがよゆーで手玉に取ってやるから」

「ん～……？　ってことはその彼……まだ片思いなんだ？　いいなぁいいなぁそういうの、あーもうお姉ちゃん妬《や》けちゃう！」

「あー違う違う！　今の全部なしなし！　嘘でーす！　冗談です！　そんなのいないし、なんでもないから‼」

「はーいったいどんな子なんだろう……なんか私のほうがドキドキしてきちゃった」

「だから人の話を聞け‼」

　唯李の言葉もむなしく、真希は「んふふふ……」とさもおかしそうな忍び笑いを残して逃げていった。

　また一つ絶好の弄られネタを提供してしまった。唯李はがっくりと首をうなだれる。

（こうなったのも元をたどれば全部……あいつのせいだ）

　もう遠慮はいらない。やってやる……やってやるぜ。

　フフフフ……と一人不敵な笑みを浮かべながら、唯李は弁当の仕上げに取りかかった。

お弁当

悠己が時間ギリギリに登校し席につくと、早速隣の唯李が笑顔を向けてきた。

「おはよ」

しかも軽く手のフリフリつきだ。えらく上機嫌のように見える。

昨日の別れ際は顔真っ赤にして軽くブチギレの様相だっただけに、この行動には少し面食らってしまう。

こちらは半ば無意識とはいえ、勝手に頭を撫でてしまって悪かったかなと思っていたところだ。

悠己はあいさつもそこそこに、改めて謝罪の意を告げる。

「昨日はごめんね。なんか」

「昨日？　何のこと？」

唯李は笑顔のまま小さく首をかしげた。

一瞬ぴくっと口元が引きつったように見えたが気のせいだろう。

もしかして三歩歩いたら物事を忘れてしまう人種なのかもしれない。

向こうが覚えていないというのならわざわざぶり返すのも良くないだろうと思って、それきり会話を切り上げカバンの中身をしまい始める。

「はい。これあげる」

昨日も兄の日記念で瑞奈にさんざん邪魔されたため、結局予習が終わっていない。

今日の英語は三時限なのでまだ間に合う。悠己は唯李に怒られないようにこっそりノートとテキストを取り出して予習を始めた。

「これ！」

「え？」

顔を上げると、唯李がものすごい目力でこちらを見ていた。悠己に話しかけていたらしい。

もしや早速予習をやってないのがバレたか、と思ったが違うようだ。

唯李がこちらに差し出してきているのは、柄付きの布で包まれた長方形の箱。

見るからに怪しさ満点だったが、唯李の勢いに気圧されてついつい受け取ってしまう。

「なにこれ？」

「さて、なんでしょう～？」

「うーん……パンドラの箱的な？」

「誰の弁当があらゆる災いの詰まった箱じゃい」

「弁当？」

「そ、お弁当。成戸くんのために作ったの」

言いながら唯李がコロっと笑顔になる。その変化たるや不自然極まりなかった。

実は少し嫌な予感はしていたのだが、もしやこれは……。

「成戸くんって、いつも購買でパンとか買って食べてるでしょ？」

「よく知ってるね」

「うん、ずっと見てたから」

そしてどうよ？　と言わんばかりのしてやったり顔。

どうやら同じ席になる前から見られていたということらしいが、どうせ「あいつっつも一人で食べてるきもーい」とみんなでヒソヒソやってたというオチだろう。

「どう？　女子の手作り弁当だよ。うれしい？　テンション上がる？」

「……まぁ味を見ないことにはなんとも」

「味ですか……手厳しいねぇ」

くすくすと笑う唯李。

まさかいきなり弁当を渡してくるとは、さしもの悠己も少なからず驚きである。

やはりどう考えてもこれは……。

「……もしかして、昨日言ったゲーム続いてる？」

「ん～？　さあどうでしょうねぇ～？」

唯李は何が面白いのか満面の笑みだが、こんなものどうもへったくれもない。

「あのさ、やめない？　このゲーム」

「どして？」

「だってタネ割れてるわけだから、誰も得しないでしょ」

「そんなことないよ？　あたしはすごい楽しい。いきなりお弁当渡したら、どんなリアクションするかな〜って」

どうあってもやめる気はないらしい。

人をからかって遊ぶのが好きなんだと、そう告白されたに等しい。

昨日は勢いでごまかされた感があったが、やはり悠己の推理は当たっていたのだ。

「あ、もしかしてゲームだとしても本当に好きになっちゃいそう？」

「戯言《ざれごと》を」

むふふふ、と唯李はまたもうれしそうに笑う。

こんなことをして悦に入るなんて、なんだか本格的にかわいそうな子に思えてきた。

とっとと弁当を突き返そうと思ったが、いくらお遊びのゲームとはいえ、すでにこうして作ってきてしまったのはどうしようもない。

弁当自体に罪はないのだ。結局おとなしく受け取ることにする。

「ふふ、楽しみだねぇ〜？　お弁当」

「そうだね」

言われるがままに優しく同調してやる。

こういうのはなんとなく瑞奈のあしらい方に似ていると思った。

それからというもの、唯李はずっと落ち着きがないようだった。

言葉少なくそわそわそわそわとして、授業の合間などに時おりチラチラとこちらに視線を送ってくる。

そしていよいよ昼休みになると、唯李は逃げるように席を離れて、昨日同様に女子グループの中に混じりだした。

その一方で悠己は、自分の席で朝渡された弁当をカバンから取り出す。

弁当箱はやや大きめだった。布を解いて机の上に広げ、御開帳。

蓋を開けてまず目を引いたのは、白米に桜でんぶでハートマーク。いきなりこれはなかなかになかなかである。

メインに据えてあるおかずは卵焼きとミニハンバーグ。

それから丁寧に枠を切って、きんぴらごぼうにほうれん草のおひたし、ピーマンの肉巻き。

そしてタコさんウインナーと、しっかり手作り感がある。

奇をてらったような物はなくこれぞまさにお弁当、というものがぎっしり詰まっていた。

(凝ってるなぁ。瑞奈にあげたら小躍りしそうな……)

そんなことを思いながらいざいただこうとすると、

「……あ、箸がない」

と気づいて固まっていると、すっ、と突然横から机の上にカラフルな箸入れが差し出された。

ん？　と見ると、唯李の後ろ姿が素早く去っていく。

（なんだ今の）

なんだか観察されているようで気味が悪かったが、気を取り直して箸を取る。

（あ、おいしい）

最初に卵焼きを一口食べた途端に直感した。

味は濃すぎず薄すぎず、小さく刻んだネギが練り込んである。

思ったとおり、他のおかずもどれも文句のつけようのない出来だった。

久しぶりにこんなしっかりしたお弁当を食べられて、箸を運びながら悠己はいつしか感慨にふけっていた。

子供の頃、給食のない日に母が弁当を作ってくれたのを思い出す。

（瑞奈にもお弁当……食べさせてあげたいなぁ）

しかし自分のスキルではとうていこのレベルのものは作れそうにない。

弁当の日は瑞奈もよく「明日はおべんとおべんと～」と喜んでいた。

まあ給食と違って、瑞奈の好きなものしか入ってなかったというのもあるが。

悠己がゆっくり味わって弁当を咀嚼《そしゃく》していると、ふらふらと慶太郎がやってきた。

もの珍しそうに机の上を覗き込んできて、

「おっ、今日は珍しく弁当かよ」

「まあね」

「母ちゃんの弁当か？　いいねぇ、愛されてるね〜」

「まあね」

あれこれ話すのも面倒なので適当に流した。

そのあと、悠已は米粒一つ残さず弁当を完食した。普段の昼食と比べたら天と地ほどの差。大満足である。

蓋を閉めて弁当箱を再び布で包まれた状態に戻すと、ちょうど唯李が席に戻ってきてスマホをいじり始めた。

かと思えばチラチラとこちらを気にしているようで、その視線の先は悠已の顔と弁当箱の包みを行ったり来たりしている。

「あ、弁当箱か。返すね、ごちそうさま」

「え？　あ……うん。………そ、それだけ？」

「それだけ？」

じぃ〜っと、唯李は上目遣いにこちらの顔色を窺ってくる。どうやら何か要求しているらしい。

悠己は仕方なくポケットから財布を取り出すと、

「わかったよ……いくら？」

「だっ、ちがーう‼　お金とか要求してるわけじゃなくて！」

「別に払ってもいいよ。ゲームとか関係なしに、すごくしっかりしたお弁当だったし」

「え？　そ、そう……？　ってだから違う！」

唯李は勢いよく弁当箱をひったくると、軽く上下させて重さを確かめながら、

「へ、へえ～全部食べたんだ？　きれいに……」

「うん。まあ俺、好き嫌いとかないからね。食べ物ならなんでもうまいって言うし」

「なにその完全なる余計な一言」

「だから超うまかった」

「へっ……？」

と固まった唯李の頬が、徐々に赤くなっていく。

その変化がなんだか面白いのでじっと見ていると、悠己の視線に気づいた唯李ははっと目をそらす。

そしてぐぎぎ……と歯噛みをしたかと思うと、「ふん」とそっぽを向かれてしまった。

◆　◇

昼食を終えて手持ち無沙汰になった悠已は、隣の唯李にならってなんとなくスマホを取り出す。

ちなみにさっきのやりとりで唯李は機嫌を損ねたのか、無言でスマホとにらめっこして指をすいすいやりながら、話しかけるなオーラがすごい。

スマホの電源を入れるなり、早速通話アプリのメッセージが届いた。

アプリを起動すると、溜まっていたのかずらずらと何件かメッセージが表示される。

『ゆうきくんご飯食べた？』

『寝てる？』

『FOOO‼』

全部瑞奈だった。が、驚きはない。

このスマホ自体、ほぼ瑞奈専用になっている。

『今日は給食激まずでした！　みどりの小さい木が群れてやがって』

緑の小さい木とはどうやらブロッコリーのことらしい。

『今日はお弁当食べたよ。おいしかった』と送ってやると、すぐさま返信が来た。

『ずるいずるい、瑞奈もおべんと食べたい〜！』

『ほうれん草とか入ってたよ』

『けっこうでーす』

この感じは向こうもリアルタイムでスマホを見ているようだ。

学校は携帯電話持ち込み禁止なのだが、「みんなこっそりやってるもん！」と瑞奈は言い張る。

だいぶ前に一回見つかって没収されて、半泣きで返してもらって以来持っていくのはやめたと思ったが、懲りていないらしい。

『なんで今日携帯持ってるの、ダメでしょ』

『今トイレの中だからぜったい見つかりませーん』

いちいち心配になってしまうこの発言。

昼休みにトイレで一人でいったい何をやっているのやら。

『友達はどうしたの』

『どぅふふ』

『いやどぅふふじゃなくて』

こうやってラインを送ってくる時点ですでにお察しである。

『ゆうきくんこそ彼女は』

『どぅふふ』

『ふざけないで』

やり返しただけなのに人には厳しい。

そんな急に言われたところでどだい無理な話なのだ。

『そんな一朝一夕で彼女ができるわけないでしょ。だいたいトイレで何してんの』

『今作戦会議中なの。友達ぐらい瑞奈が本気になればちょいのちょちょいよ』

からの変なスタンプ連打。

スマホがブルブルうるさいので電源を落として切り上げようとすると、不機嫌そうに黙っていた隣の唯李が急に話しかけてきた。

「成戸くん、何やってるの？　ゲーム？」

「いや別に、ラインやってるだけ」

へそを曲げているのかと思ったら別に普通な感じだった。

だが何か気になるのか、唯李はスマホを持つ悠己の手元へチラチラと視線を送ってくる。

「へ、へ～……」

「何？」

「いや成戸くんって、そういうのあんまりやらなそうなイメージだったから」

「うん、やらないよ」

「やってるじゃん」

瑞奈以外とは基本やらない。

それも一方的に送られてくるので返してるだけだ。

瑞奈だって毎日この時間に送ってくるわけではないし、本当にたまたまなのだ。そもそも登録してある件数が少ない。

家族親族以外では唯一慶太郎が登録されているが、反応が鈍いとわかっているのかあまり送ってこない。

「今日はたまたまだよ、たまたま」

「たまたまって……その割にずいぶん熱心に送ってるみたいだけど」

悠己としては今ラインをやろうがやるまいがどうでもいいことだと思うのだが、唯李はやけにしつこく食い下がってくる。

なぜそんなちょっとひっかかる言い方をしてくるのか謎だ。別にやましいことがあるわけでもないのですっぱり言い返す。

「これ妹に送ってるだけだから」

「あ、あぁ、妹ね！　なるほどなるほど～」

唯李はポンと手を打って大げさに何度か頷いてみせる。

今ので何か納得したようだが、おとなしく妹とラインしとけという意味なのか。

『ゆうきくんこそどこでなにしてるの。友達は？』

とそのうちに瑞奈が反撃に出てきた。

なんと返すか少し迷っていると、

「あ、あー……。あたしも成戸くんと、ラインしたいなぁ～……なんて」

「え？」

聞き間違いかと思って唯李のほうを見る。

すると唯李は慌てて弁解するように手を振って、

「ち、違うけどね？　これゲームだけどね。例のゲームの一環だから」

「はあ？」

だんだんわけがわからなくなってきた。

要するに惚れさせゲームのつもりということなのだろうが、言ってる本人がすでに若干テンパっている。

不審に思いながら視線を送っていると、唯李がぎこちない笑みを浮かべながら、

「ん、んふふ、じゃあライン交換しよっかぁ」

そんな人をからかって面白がる気満点の相手と交換してもしょうがない。

と普通ならなるところだが、悠己の学校での知り合いアドレス一件、というのは相当ひどい。

瑞奈に友達は？　と言うわりに、自分もろくにいないお前が言うな案件なのだ。

もし瑞奈に突っ込まれたら「ゆきくんも友達いないじゃん、ダメじゃん！」と絶好の開き直り機会を与えてしまう。

この際からかわれているでもなんでもいいから、友達っぽいアドレスが欲しい。

まさにこの申し出は渡りに船であるが、はたしてどうしたものか迷っていると、

「な、なーんてね～。もしかして本気にしちゃった？」

「あの……交換したいです」

「え？」

するとそれまで妙に挙動不審だった唯李が、「ん～？　そう言うならしょうがないなぁ～」と急にイキイキしだした。

ニッコニコの上機嫌で、やたらうれしそうにスマホを操作し始める。

対する悠己は「どうやってやるんだっけ」と少し手間取りながらもなんとか登録を済ませると、一覧に新しいアイコンが追加された。

「ゆい」という名前にアニメ調の猫のイラストだ。

（ゆい……下の名前か）

貴重な友達を確認していると、唯李も同じく自分のスマホを見ながら尋ねてくる。

「これ、本名になってるけど大丈夫なの？」

「え？　何が？」

成戸悠己、で登録しているのが気になったらしい。

正直よくわからなかったが、大丈夫大丈夫、と言って慣れている感じを出していく。

「下の名前、ゆうきでいいんだよね？」

「うん」

「そっかぁ。じゃあ、悠己くんだね」

そう言って、唯李は謎のドヤ顔を向けてくる。

悠己が思わず目をぱちくりさせると、唯李がすかさず身を乗り出して顔を覗き込むようにしてきた。

「ん～？　どうしたの？　別に下の名前で読んでもいいでしょお？」

「まあ……」

「あれぇ～？　もしかして悠己くん、は・ず・か・し・いのかなぁ？」

そして渾身《こんしん》のにやにや笑い。

というか悠己がライン交換を申し出たあたりからやたら態度が大きくなり、終始半笑いである。

（まーた始まった）

名前を呼ばれるのに恥ずかしいも何もないだろう。

そう思いながら、悠己はあくまで表情を崩さず答える。

「じゃあ俺も下の名前で呼んだほうがいいかな」

「へ？」

「唯李さん」

そう呼ぶと唯李は「え？」の顔で口を開けたまま、ぴしっと固まった。

そのまま微動だにしないので、

「唯李ちゃん？」

と呼びかけてみるがやっぱり動かないので、目の前で手を振ってみせる。

するとみるみるうちに唯李の顔に血の気がさしていき、やっと時の流れが戻った。

「そ、そんなち、ちゃんとかって、呼ぶキャラじゃないでしょ⁉」

「じゃあ唯李」

そう言うと、唯李は再び固まった。

今度はまっすぐ目があっていると、またしても唯李の顔色が赤く変化を始め、ついにはいきなり無言でガタっと席を立った。

そしてそのまま何も言わずくるりと背を向けると、唯李は早足に教室を出ていってしまった。

（……うーん、今のは怒ったのかな？）

相変わらず読めない。なんだか意外に気難しい子なのかもしれない。

でも自分から下の名前が云々始めたのだから、自業自得とも言える。

唯李のいなくなった空席をなんとなしに眺めていると、またしてもスマホが震えてメッセージが届いた。

『ねーねーそういうゆうきくんの友達何件なの？』

『二件』

『むぅ……やるなゆうきくん』

よかった。

悠己はほっと胸をなで下ろした。

◆　◇

それからはつつがなく一日の授業が終わる。

唯李はそのあと、予鈴が鳴ると何事もなかったかのように戻ってきて、何事もなかったかのように授業を受けていた。

やはりご機嫌斜めなのか、ちらちらとこちらの様子を窺うようなそぶりはあれど、それ以降は話しかけてこなかった。

どうやら彼女のご機嫌は山の天気のごとく移り変わりが早い。なのでいちいち気にしないことにした。

「わーやっぱり雨降ってる〜……」

放課後になり教室が騒がしくなると、唯李が悠己の席のすぐ後ろで大窓に張り付いて、何やら独り言を言っている。

「べ〜、やっべ〜傘忘れちゃったんだよな〜……」

さらにぶつぶつぶつぶつぶつ言っている。

「傘忘れちゃったかぁ〜……か〜っ」

さて帰るか、と椅子を引いて立ち上がろうとすると、困ったことに背後の人と目が合ってしまった。

スルーしようと思ったが、向こうはこちらを見つめながらわざとらしく目をパチパチさせてくるので、

「……何？」

「唯李ちゃん傘忘れたの」

かわいく言って軽く首をかしげてくる。ひどい大根演技だ。

ちょうど先日梅雨入りしたばかりで、外は連日の雨雲。

朝はまだ降っていなかったが、予報ではがっつり雨だったため、今日は悠己も傘を忘れず持ってきていた。

すでに教室の傘立てから持ってきて机の横に立てかけてある。

「……で？」

「あれですよ、ほら。昨日、傘入れてあげたじゃない？」

唯李はぴん、と人差し指を立てながら言う。

入れてもらったと言ってもほんの数分で、しかもすぐに雨は止んだのであまり意味はなかった。

そうだったよね？　という意味を込めてじっと見返すと、

「ん〜ていうか、今日も一緒に帰りたいな〜って」

「人の傘目当てでしょそれ」

「え〜そんなことないよ〜？」

そんなことありそうな言い方。

というかそれならわざわざ悠己に頼まずとも、学校の傘を借りるなり、誰か友達にでも助けを求めればいいものを。

そう言いかける寸前、悠己はそれとは別の可能性に思い当たる。

「もしかしてさ……例のゲームするためにわざと忘れた？」

「にやっ」

「にやっじゃなくて。そんなしょーもないことのために……」

そう呆れてみせると、唯李はむっと口をとがらせて、

「違いますー！　素で忘れたんですぅ！　お弁当に気を取られて！」

「それはそれでマヌケだなぁ」

「はー？　自分だって昨日忘れたくせに」

ちょっと言ったらガンガン返ってくる。

ずっとこんな言い合いをしていてもラチがあかないと思い、

「まったくしょうがないな……」

「……えっ、いいの？　半分冗談で言ってたんだけど」

「えぇ……」

「そんなにあたしと一緒に帰りたかったのかぁ、そっかそっか〜」

唯李は腕組みをしながら目をつむってうんうんと大きく頷く。

（ん〜……これは。やっぱ無視して帰ろう）

そういう結論に至った悠己は、さっとカバンを担いで、ご満悦中の唯李の脇をするりと抜け教室を出る。

今日は特にどこか寄るつもりもなかったので、そのまま早足でまっすぐ廊下を抜けて階段を降りて、昇降口へ。

下駄箱で立ち止まって靴を履き替えていると、ぱたぱたと足音がしてすぐ近くで人影が立ち止まった。

ふとそちらを見やると、唯李が透明なビニール傘をずい、と目の前に見せつけてきた。

「あれ？　傘あるじゃん」

「ちーがーう。これ、悠己くんの。忘れてるよ」

「あ……」

机の脇に置いたまま忘れてきてしまったらしい。

そういえば昨日傘を忘れたのも、瑞奈と朝からなんだかんだ言い合ってたせいだったと思い出す。

「あーあー。悠己くんのせいであたしもここまで来ちゃったよ？　これはもう入れてもらうしかないね」

「はいはい、どうもすみませんね」と首をすくめて傘を受け取ると、悠己は結局唯李と一緒に昇降口を出ていく。

入れてとは言うが、あたりには下校する生徒の影があちこちで見られ、まさかこんな人目のつくところで相合い傘なんてやるわけにはいかない。

建物の軒下で立ち止まった悠己は、傘を開いて雨の降り具合を一度確認すると、唯李に傘を渡して先に歩いていく。

幸い雨は現在ぱらぱらと小降りで、傘をさそうがさすまいがそこまで違いはなさそうだった。

「なんかすいませんね～。傘借りちゃって～」

校門を出て濡れたアスファルトを歩きながら、唯李がどこか楽しげな口調で言う。

そんなことよりちんたら歩いてないでシャキシャキ歩け、という意味を込めて歩く速度を上げると、「ちょっと待って、待ってよ～」と追いついてくる。

「あっめよあめよふれ～ふれ～。悠己くんのあったまにふっりそそげ～」

「変な歌やめてくれる？」

しばらくして周囲の傘の影が減ってくると、唯李は近くに誰もいないのをいいことに謎の歌を口ずさみ始めた。やたら上機嫌だ。

だが言ってるそばから本当に降ってきてしまって、ついジロっと睨んでしまう。

「ん？　入れたげよっか？」

「それ俺の傘だからね？」

悪びれもせずに笑った唯李はとっとっと、と大股に近づいてくると、腕を持ち上げて傘を悠己の頭の上にかざした。

が、すぐにわざとらしく二の腕をプルプルさせながら、

「やだおも～いぃ……。背が高くて力持ちな人に持ってほしいなぁ」

ぶりっ子全開の口調で言う。

変に逆らっても面倒なので、はいはい、とぱっと持ち手を受け取る。

「俺そんなに力持ちじゃないけどね」

「ふ～ん……」

聞いているのかいないのか、唯李はちらっと悠己の横顔を盗み見たあと、なにか思いついたようにいたずらっぽく笑った。

「じゃあ、支えてあげるね」

そう言うなり、唯李は取っ手を持つ悠己の手の上から、軽く自分の手を覆いかぶせた。

そしてすかさず例のにやにや顔でこちらを見上げてくる。

「んふ、手握っちゃったぁ。どーしよ？」

「……なんか手、濡れてない？」

「濡れ……？　……ち、ちがっ、これは手汗じゃなくて、雨だから。雨」

「手汗なんだ……」

「雨って言ってるでしょ！」

言ってるそばから添えられている唯李の手がガンガン熱くなっていく。

唯李はぱっと手を離すと、そのままグーに握って悠己の肩を叩くような仕草をする。

「まったく失礼な。肩ガタガタにしたろか」

歩きながらしばらくぶつくさ文句を言っていたが、それも途中で飽きたのか静かになる。

するとそれきり話が途切れて、しばらくお互い無言が続く。

「急に黙っちゃったね」

ややあってぽつりと唯李がこぼす。

黙ったと言われても悠己にしたら平常運転で、さほど気にもとめない。

「……あの。もしかして怒ってる?」

「へ?」

突然そんなことを言われて、ついつい唯李の顔を見る。

それがいやに神妙な……どこか不安そうな顔でいつもの表情と違っていたので、思わず聞き返す。

「怒ってないけど、どうかしたの?」

「いやあのあたし、無理やり、ついてきちゃったみたいで……その、なんていうか。黙ってると、なんか気まずくない? もっとこう、しゃべらないとまずいかな~って思ったり」

「別に……無理してしゃべらなくてもいいんじゃないの」

おとなしいといつもと違うからちょっと変だけどね、と付け加える。

するとと唯李はやや顔をうつむかせて、

「もしかするとあたしって、すごいおとなしい子だったりするかもしれなくて」

「どういうこと?」

「自分でもよくわからないんだけど……知らないうちに演技してるっていうか、猫かぶってるのかなって」

「ふぅん？　別にそんな気遣わなくてもいいのに」

そう言ったら唯李は本格的にだんまりに入ってしまった。

それだけならいいのだが、表情も暗くやはりどこか元気がない。

そんな彼女の横顔を見ながら歩いていると、ついつい傘を持つ手を持ち替え、空いた手が伸びてしまって……。

頭に触れる寸前で、唯李は素早くスウェーをしてかわした。

「い、今っ、また頭撫でようとしたでしょ‼」

「あっ、いや違うちょっと虫が……」

「いや絶対撫でようとした！　その手は食わないよ二度とね！」

すごい勢いでまくしたててくるが、よほど前回のアレが気に入らなかったのか。

「いやほら、元気だしてほしくて」

けどこれで結果オーライかな、と思ったがまたも唯李が黙ってしまったので、ふと横に目線をやるとちょうど目が合った。

が、ぱっとすぐに顔をそむけられた。

しかしそれでもはっきりわかるほどに、唯李の顔が赤くなっている。

「顔すぐ赤くなるよね」

「わ、悪い？」

「いやなんかそれ、かわいいなって思って」

軽く笑みがこぼれると、唯李はそむけた顔をぐりん、と向けてきた。

「は、恥ずかしがってるのがかわいいとか、ドSだね！」

「恥ずかしがってない！」

「え？　ってことは怒ってる？」

「怒ってるのがかわいいとかどんだけドMなの」

言うだけ言ってぷいっとそっぽを向くと、唯李はまただんまりに入った。

どうやら話によると、何かしゃべってくれないと不安になる、ということらしいので、とりあえず思いついたことを口にしてみる。

「雨っていいよね。雨の音とか、匂いとか結構好き。まあざーざー降りとか、台風来たら嫌だけど」

言いながら俺にしては珍しくよくしゃべってるな、と悠己はふと思った。

けどそれぐらいしか話すことが思いつかなかったので、結局沈黙になる。

そのうち雨足が強くなってきたので、半歩近づいて、少しだけ唯李のほうに傘を傾けた。

「あたしも……好きかも」

それきり、お互い付かず離れずの距離を保ったまま、ただ無言で歩き続けた。

しとしとと地面を打つ雨音がやたら澄んでいて、それだけが耳によく響いた。

そして歩くこと十数分後、立ち止まったのは大きな交差点の赤信号。

悠己の家はここを折れていかないと通り過ぎてしまうので、唯李とはここでお別れだ。

「じゃ、俺あっちだから」

「……あ、うん」

それだけ言って、唯李は小さく頷くと、悠己は傘の持ち手を差し出して言った。

「傘貸してあげるよ」

「え？　でも……」

「大丈夫。走っていけばウチすぐだし」

信号が青に変わった。

悠己はなかなか受け取ろうとしない唯李の手に、傘を押し付けるようにして渡すと、

「バイバイ」

小さく手を振って、踵を返す。

唯李は一瞬あっけにとられたような顔をしていたが、ふと我に返ったようにすぐに手を振り返してきた。

慌てていたのかそれで持ち手を離してしまい、肩にかけた傘のシャフトがずるりと落ちそうになるのをわたわたと掴み直して、少し恥ずかしそうに笑った。

雨の中、傘の下で手を振りながら、はにかむ女の子。なんだか絵になる。

やはり彼女には笑顔が似合う、と悠己は雨で霞んだ唯李の姿を脳裏に思い浮かべながら、帰り道を急いだ。

◆　◇

「おかえりなさいゆきくん！」

自宅のドアをくぐると、まるでご主人様の帰りを待っていた犬のように、パタパタパタと瑞奈が玄関まで出迎えに来た。

目をキラキラさせながらこちらを見上げる瑞奈は、どういうわけかエプロン姿だった。見た瞬間にすごく嫌な予感がする。

「ご飯にする？　お風呂にする？」

「……ちょっと濡れたから、風呂入ろうかと。ご飯はまだ早いんじゃないかな」

「あっ、ゆきくんよく見たらびしょ濡れじゃないの！　傘は？　持ってかなかったの？」

運の悪いことに唯李と別れた直後に雨が急に本降りになってしまって、なかなかいい感じに濡れてしまった。

靴の中がびちゃびちゃで気持ち悪いのとシャツが張り付いて冷たいので、とにかくまず風呂に入りたい。

「傘はちょっと人に貸しちゃってさ」

「えっ……。それってもしかしてゆきくん……いじめられてるの？」

「いやいや」

「だめだよゆきくん！　瑞奈にはホントのこと言わないと！」

「だから貸したんだって」

瑞奈が本気で心配そうな顔をしてくるが、ここで水を滴らせながら押し問答していてもしょうがない。

このまま上がってしまうと床が濡れるので、ひとまずその場でシャツを脱ぎ始める。

「きゃっ」

「なーにが『きゃっ』だよ。邪魔だからちょっとどいて」

瑞奈が手で両目を覆ってみせるが、指の隙間がすっかすかで全然隠す気がない。

一応瑞奈は恥ずかしがっている体でわざとらしくくるり、と背を向けるが、飛び込んできた光景に今度はこちらがぶっ、と吹き出しそうになる。

前はエプロンでわからないが、後ろから見るともろに下着だけの姿という非常に破廉恥な格好。

つまり瑞奈は下着の上に直接エプロンを身に着けている。

「開放感がある」とかいう理由で、悠己が注意しないと瑞奈は基本家の中では下着姿でいようとするのだ。

「なんつー格好してる。服を着ろ服を」

「といいつつ自分は服を脱ぐゆきくんなのであった」

瑞奈がうるさいので床はもうあとで拭くことにして、そのまま風呂場へ直行。

とっとと服を脱ぎ捨てて中に入っていくと、やけに温かい。湯船にはお湯がすでに張ってあってびっくりする。どうやら瑞奈が用意していたらしい。

ひとまずシャワーで軽く体を流していると、風呂場の戸が少しだけ開いて瑞奈が顔をのぞかせた。

「ゆきくん、お湯加減はどう？」

「いや大丈夫だけど……ていうか今日はどうしたの？　急に」

「言ったでしょ？　瑞奈もがんばって家事とかするからって」

「家事って……」

そんなことを話しているうちに瑞奈の目線が下へ落ちる。

悠己はバタンと扉ごと瑞奈を締め出した。

（まったくもう……）

兄の体に興味津々な妹というのもどうかと。

まあ単純に最も身近な異性ということなのだろうが、せめてもっとわかりづらいようにやれと思う。

……やらないに越したことはないけども。

風呂から上がってリビングへ出ていくと、待ってましたとばかりに瑞奈が近寄ってきた。

腕を引かれてテーブルのほうにやってくると、瑞奈が椅子を引いて「どうぞ」とやる。

すすめられるがままに腰掛けると、テーブルの上ではでん、と大皿に載ったオムライスらしきものが異様な存在感を放っていた。

その傍らには、これまたお茶碗に入った味噌汁らしきものが湯気を立てている。

「これは……なんていうか和洋折衷《せっちゅう》だね」

「今日は瑞奈が晩ご飯作りました！　冷めないうちにどーぞ」

じゃん、と手を広げてみせる瑞奈。

気がはやって作ってしまったのだろうが、夕飯にはまだちょっと早い。

「すごいなぁ、瑞奈が作ったのか」

「そうよ。たまごフワッフワやぞ」

瑞奈はふふん、と鼻を鳴らしてみせるが、ふわふわというかぐちゃぐちゃだ。ライスをまったく包めていない。

ためしにスプーンでひとすくいしてみると、ライスも色のついたところとそうでない部分があり、ケチャップの混ざり具合がまばらである。というかところどころ焦げている。

「……これ、俺の分しかないみたいだけど、瑞奈は？」

「瑞奈はおべんと買ってきたのでお気遣いなく」

そう言って瑞奈はテーブルの端を指さす。

近所のスーパーの袋に入ったお弁当が置いてあった。

「ゆきくんお昼おべんと食べたっていうから、対抗馬を出しました。おべんとって、どういうの食べたの？　もしかして手作り？」

「まあ一応……隣の席の人の？」

「なにそれ」

瑞奈は不思議そうな顔をするが、それは悠己だってそうだ。

「まあいいや。それよりもさあ、召し上がれ」

早く食べて食べて、と急かしてくるので、スプーンを一息に口に運ぶ。

一応オムライスらしき味はするが、味付けにムラがある。それとちょっと米が硬い。

だがそんなふうにテーブルにかじりつくようにして、期待を込めた眼差しで見つめられたら、他に言うことはない。

「……うん、おいしいよ」

「いょっしゃあー‼」

瑞奈が腕を振り上げて小さく飛び跳ねると、それを見た悠己も思わず頬が緩む。

がしかし、これをおいしいと認めてしまうと、後々困るのは自分もそうだがやはり瑞奈本人のためにならないのでは。

とは言え細かく指摘するのも気が引ける。ならば自分で気づかせるべきだ、と悠己は瑞奈にスプーンを向けて、

「味見した？　自分でも食べてみなよ」

「あ、いいです。おべんと食べられなくなるので」

あっさり断られた。

だがこのまま逃しはせんと、悠己も食い下がる。

「あーんしてあげるから」

「あーん！」

そう言ったら素直に口を開いた。

ここぞとばかりにスプーンいっぱいにすくったライスを口に放り込んでやる。

もぐもぐもぐ、と咀嚼をする瑞奈に向かって、

「どう？」

「まあまあかな」

「じゃあもう一口あーん」

「あ、もういいっす」

どうやらあかんことに気づいたようだが、気づかなかったふりをされた。別に味覚音痴というわけではないのだ。

「味噌汁はどうかな……」

おそるおそる一口すすってみる。

一応豆腐と、玉ねぎが入っているようだった。

（……これは）

味が薄い。どうやらお湯に味噌を溶いただけらしい。

これはまごうことなき味噌湯。ただインスタントではなく自分で作ろうとしたところは評価すべきか。

「どう？　瑞奈もちゃんとご飯作れるんだから」

傍らに控えた瑞奈シェフが得意げな顔をする。

味はともかく瑞奈は瑞奈なりに頑張って作ったのだ。無下にするのはよくない。

（今度一緒に、作って見せてあげたらいいかな）

そんなことを考えながら食事を進めていると、

「なんかお腹へってきちゃった。瑞奈ももう食べようかな」

そう言って瑞奈は、弁当をごそごそと袋から取り出す。

ちらっと見るとトレーの中には海苔の引いてあるご飯に揚げ物、鮭の切り身。

煮付けは仕切りからはみ出てしまっており、おかずもすかすかで見栄えも悪い。

なんだか全体的に色合いが失せていて、よく見れば蓋に三割引きのシールが張ってある。

悠己が昼に食べた唯李の弁当とは、見るからに雲泥の差だった。

「おべんと、おべんと～」

それでも瑞奈はうれしそうに、レンジに入れて弁当を温め出した。

その横顔を見ながら悠己はふと唯李の作った華やかなお弁当を思い出し、罪悪感のような、なんとも言い表しにくい気分になる。

（お弁当か……）

そのとき、ポケットに入れてあったスマホが震えた。

めったにないことで不審に思って確認すると、唯李からメッセージが届いた通知だった。

『雨大丈夫だった？』

アプリを立ち上げると、唯李からのメッセージが表示された。

とりあえず一度スマホをテーブルの上に置いて、オムライスの残りを一気にかきこむ。

『大丈夫』

スプーンの代わりにスマホを持って、そう打ち込む。

すると数分もしないうちにすぐに返信が来た。

『さっきありがとうっていいそびれちゃったから。ごめんね』

お礼なのか謝罪なのか。

そう突っ込もうとしたが、帰り際の唯李の妙に控えめな態度がふと頭をよぎって、文言を変える。

『そっちこそ大丈夫？』

『何が？』

『元気なさそうだったから』

テンポよくやり取りしていたが、そう送ったあとぷっつりと唯李の返信が途切れた。

瑞奈がお弁当を食べ始めた横でテレビをつけてニュースを見ていると、しばらくしてスマホが振動した。

『あたしなんかさっき変なこと言っちゃったよね』

『別に変ではないと思うけど』

そこでまた間が空く。

ちなみに悠己の返信は毎度早い。

すぐ返さないと仕事ができる男になれないよ、とかなんとか瑞奈に言われて鍛えられているからだ。

『でもよかった。気遣わないでもいいって言ってくれて』

『やけに素直だね』

またしてもそこで沈黙。

瑞奈がお弁当を食べ終わり、もうこれで終わりかな？ と思った頃に返信が来た。

『そう。素直でかよわい女の子なの。。。なんちゃって‼』

ん？ と思わず画面の文言を二度見すると、立て続けに唯李からのメッセージが届いた。

『ひっかかったな。これも全部ゲームでした！ あれれ～？ もしかしてかよわい唯李ちゃんに惚れちゃったかな？』

一瞬意味がわからなかったが、どうやらさっきの帰りの妙にしおらしい態度も演技だった、ということらしい。

とてもそんなふうに見えなかったが、本人がそう言うならそうなのだろう。

それにしてもなんてひねくれてるんだと悠己は舌を巻く。

『なにそうだったのか。やられた』

『なにそのすごい棒読み感』

すっかり騙されたなぁ、とテレビを見ながらポチポチやっていると、瑞奈がテーブルに手をついてスマホを覗き込んでくる。

「ゆきくんさっきからなにしてるのー？」

「ラインしてるだけ」

「誰と？」

「ヒミツ」

「ヒミツはいけません！」

「友達」

友達という単語に拒否反応でもあるのか、瑞奈はそれ以上尋ねてこず、そのかわりに自分もスマホを持ってきて、

「ついでに瑞奈ともラインしよ！」

そう言うやいなや、すぐにブブブとスマホがメッセージの到着を告げる。

どこで習得したのか、瑞奈は両手を器用に使ってフリック入力をするのでめちゃくちゃ打つのが速い。

『最初はゆうきくん、り、からね！』

『何が』

『しりとりだよ』

すぐ隣にいる人とやりとりするのも何か不思議な感じだ。というか電波の無駄遣い。

さらにその裏で唯李からもメッセージが来てしまった。

『傘は明日返すね。それとなんかお礼、するから』

お礼、と言われてふと頭をよぎったのは昼のお弁当だ。

できれば瑞奈にも食べさせてあげたいなあ、なんて。

だがまさかそんなことを言うのも厚かましいと思って、

『いいよそんなの』

『ん～？　別に遠慮しなくていいのに』

『じゃあ、もしよかったらお弁当』と打っている最中に、瑞奈がラインで『早く早く』と急かしてくる。

仕方がないので先に瑞奈の相手をしてやる。

『りんご』

『ゴレンジャイ！』

『イカスミ』

『ミドレンジャイ！』

『イタリア』

『アカレンジャイ！』

『さっきから何それは』

『はいゆうきくんの負け～』

まさに突っ込んだら負け。

絶妙なパスを出してしまった自分も悪いが、もちろん意図してのことではない。

『次は古今東西、おでんの具！　はいゆうきくんから！』
しかもまた始まってしまって終わりそうにない。
『大根』
『がんもどしい、』
「なんか嫌な間違えかただなぁ」
苦言を呈するが瑞奈はスマホを睨んで待ち構えている。そのうちにも唯李のほうから、
『もしかして忙しかった？　ごめんね長々と』
だとか送られてきてしまうが、こんな状況は初めてなので少し混乱する。
しかし早くしないと瑞奈がうるさいので、急いで入力して送信する。
『ちくわぶ』
『何が？』
『あ、なんでもない。気にしないで』
うっかり送る相手を間違えた。

◆　◇

それとほぼ同時刻。

唯李は自室のベッドに寝転んでスマホを眺め、メッセージのやりとりを何度も見返して、にやにやにやとしていた。

「なぁにやにやにやしてるの？　気持ち悪いなぁ～」

その声に唯李はまるでホラー映画のヒロインのようにひっくり返って後ろ手を付き、腰を抜かす。

あまりに夢中になっていて、いつの間にか室内に侵入してきていた姉の存在に気づかなかった。

「ち、ちょっとぉ！の、ノックぐらいしてよ！」

「それで、どうだったの？　お弁当は」

「どうもこうも……。……あ、超うまいって」

ふふん、と鼻高々に息巻く唯李。

真希はちょっと期待が外れたかのように、少しつまらなそうな顔をすると、

「ふぅん、それから？」

「それからって……。そうそう、雨降ってるのに傘貸してくれた」

「なあにそれ？　それって、頭弱い子なんじゃゃ……？」

「ふっ、わかってないなぁ」

唯李はやれやれ、と首を振ってみせる。

しかし真希も負けじと不敵に笑って、

「なんだか知らないけど、唯李ちゃんもうすっかりぞっこんなのね」

「ち、違う！　そ、そういうんじゃなくて。……ちょっと面白いから、からかってやってるだけ」

「それってつまり、自分からは恥ずかしくてアプローチできないからひとまずそういう体にして、であわよくばそのうち向こうが本気で好きになってくれて告白されないかなーってこと？」

「ち、ち、ち、違うわそんなん！　なっ、何を言うとりまんがな、勝手に変な想像しないでくれます⁉」

「……なんか変な口調になってるけど？　しかしまたこれ面倒な……それでもし告白されたら、待ってましたとばかりにオッケーするんだ？」

「えっ？　……ま、まあ、そしたらそのときはちょっとぐらい考えてあげてもいいかなぁ～……なんて」

「一生やってなさい」

べんべんべん、と真希が気やすく頭を叩いてくる。

唯李はそれを手でぱっと振りほどくと、きっと上目に真希を見据えて、

「そんなふうに言われる筋合いないから。だってかわいいって言われたもん」

「それ私はちょろい女ですって言ってるようなもんじゃないの？」

「ライン交換しよっかぁ？　って言ったら交換したい、って言われたし」

「自分から誘ってるよねそれ。いたって普通の流れだし」

「さらに下の名前で呼んであげたら、もうこっちは呼び捨てにされちゃったしね」

「下に見られてないそれ？」

「ていうか向こうのラインの返信スピードとか見てもこれはあれだね。もうすぐそこまで来てるね。やっぱりお弁当が効いてるよ、ボディブローのようにじわじわと」

ふっ、と唯李は今度こそ勝ち誇った顔。

すると真希は「そっか。よかったねぇ」と急ににっこり笑って優しい口調になった。

なんだかバカにされているような気がしたので追い出そうかと思ったが、今現在少しばかり気がかりなことがあったので、それを尋ねてみる。

「ね、ねえお姉ちゃん。ちくわぶって……なんか意味あるの？」

「は？」

「なんかその、花言葉的な？」

「……なあにそれ。ちょっと言ってる意味がわかんないんだけど」

思いっきり呆れ顔をされた。

「いいから早くお風呂入って」と言い残して、真希はため息混じりに部屋を出ていった。

お返し

その翌日は朝から太陽が雲間から顔を出して、久しぶりの晴れの日。

悠己は少し早く学校につくと、自分の席で光合成さながら窓から差し込む朝日を浴びてぼーっとしていた。

こうしてセロトニンドバドバで頭ハッピー状態になると、終わってない予習とか宿題とか、「生きてるかおい、おい」とほっぺたをペチペチしてくる慶太郎の存在とか、いろいろどうでもよくなってくる。

これがあるから窓際はいい。実にいい。

悠己が一人幸福感に酔いしれていると、ガタガタっと音がして隣の席がうるさくなる。

「おはよー。ふふ、今どこ見てた？」

唯李が元気いっぱいの笑顔を向けてきた。

おはよう、と返すと唯李は頷いて席に座って、

「傘立てに傘入れといたから。今日すごい晴れてるのに持って来るのなんか恥ずかしかったよもう」

「あ、そっか。ごめんそこまで考えてなかった」

「いやまあ、別にいいんだけどさ……」

唯李は出鼻をくじかれたのか、少しぎこちない口ぶりになる。

と言っても悠己も朝からの雨に備えて、帰りに傘を持ち帰らないといけない。

昨日はほとんど考えなしの行動だったが、あの状況で傘を貸してしまうと後々結構めんどくさいことに気づいた。

（まあ、なんでもいいか）

しかしすぐにそう気を取り直す。

隣で一段落ついた唯李が、おもむろにカバンからタッパーを取り出して「はいこれ」と差し出してきた。

手に取ると思ったより軽い。

「なに？」

「昨日のお礼」

唯李はそれだけ言ってにこにこしているので、少しだけ蓋を開けて中を見てみる。

丸い小麦色をした物体がぎっしり詰まっていた。

「これは……クッキー？」

「そ。唯李ちゃんの手作りクッキーでーす。どう、うれしーい？」

ここぞとお得意の首かしげスマイルをしてくる唯李。

昨日は結局途中でラインがうやむやになってしまったので、これはまったくの予想外だった。

お弁当でこそなかったが、手作りクッキーなんてそれこそ何年ぶりかと。

すぐに瑞奈が喜ぶ姿が目に浮かぶと、自然と笑みがこぼれる。

「ありがとう、すごいうれしい」

「あ……は、はい。ど、どういたしまして」

「これ妹にもあげていいかな？」

やや面食らっていた様子の唯李だったが、そう尋ねるとにっこり微笑んで、

「悠己くんって、妹さん思いなんだね」

「そうかな。別に普通だと思うけど」

「そう？　でもなんかそういうの、すごくイイなーって、思う、けど……」

「唯李は兄弟いるの？」

そう聞き返すといつぞやのようにピタリと唯李の動きが止まった。

ちょいちょい石化するなあと思って見ていると、今回は割とすぐ解けたようで、

「お姉ちゃんがいるけど……しかし本当に呼び捨てとはね……」

「あぁ、ごめん。でもさんとかちゃんとかつけるのめんどくさくない？」

「……そういう理由？」

「もう知らない相手でもないし……呼び捨てが嫌って言うならつけるけど」

「べ、別に？　あたしも気にしないし……呼び捨てにされたから何？　って思うし」

今さっき思いっきり突っかかってきたのだが、そこは指摘しないほうがいいのだろうか。

「でも今日は赤くならないね？」

「ふっ、一度受けた技は二度と効かなくなる特性を持っているのですよ。なので同じ技は通用せん。唯李マークツー」

「なんかの魔物でそんなのいたよね」

「魔物言うなし」

「ていうか赤くなってねーし」と言うと、唯李はぷいっとそっぽを向いてしまう。

確かに顔は赤くなってはいないようだったが、今度は心なしか耳が赤くなっていた。


「なにこれ！　すげー！　クッキー!?　作ったの!?　ありがとうゆきくん！」

帰宅後、パンツにTシャツ一枚でソファに横たわっていた瑞奈にクッキーを渡すと、ぐでっとしていた瑞奈はタッパーを掲げて小躍りを始める。

怪しい儀式でも始まりそうな謎の動きだ。

「よかったね。まぁ俺が作ったわけじゃないけど」

「じゃあ誰が作ったの？」

「隣の席の人」

「うおっ隣の人すごい！」

歓声を上げた瑞奈は早速クッキーを取り出して、ばりぼりと頬張りだす。

そしてキラキラと目を輝かせながら、かじった部分を見せつけてきて、

「なにこれうっま！　うっま！　見てこれチョコ入ってる！」

「わかったよ、静かに食べなよ」

「ゆきくんも遠慮しないで、食べなよほら！」

どうやら所有権はすでに完全に瑞奈に移ったらしい。

悠己は瑞奈にクッキーを分けてもらいながら、一緒になってクッキーを食す。

「あー、なんか濃ゆいね」

「でしょ？　でしょ？」

味に深みがあるというかなんというか、市販のものとは一味違う。

「まろやかでいてしつこくない」

「エレガントで上品な味わい」

「十年に一度の一品」

「豊潤かつ濃厚」

リポート下手くそ二人がブツブツ言いながら、次々にタッパーからクッキーを手に取っていくと、あっという間に腹の中に収まってしまう。

そしてタッパーに残った小さいかけらも残さず回収し終わった瑞奈が、ぱっと悠己の顔を振り返る。

「感動した！　瑞奈もクッキー作りたい！」

案の定始まってしまった。

「いいよ瑞奈は、あとが大変だから」

「え〜？　でもお返ししたいもん。そしたら次は何が……ぐへへ」

「やっぱりお返しのお返しを狙ってるな」

「これにて永久機関の完成」

「それ意味わかってる？　そもそもこれがお返しなんだけどね」

瑞奈は「え〜」と渋っていたが、急にたたっとリビングを出ていくと、自分の部屋からピンクのメモ帳とペンセットを持ってきて、テーブルの上で何やら書き始める。

そしてしばらくすると終わったのか、一枚切り取ったメモを悠己に手渡してくる。

『瑞奈です。クッキーすごーくすごくおいしかったです。ひかえめに言って神。ゴッド。YEAH！　GOOOO！　YAHOOOOO‼』

カラフルに縁取られた文字。

さらに次はこれ作って、と要求せんばかりに、隅っこに小さくケーキやドーナツの絵が描いてある。

「何を検索するんだこれは」

「みょうにち、これをお渡しくだされ。妹はいたく、満足していたと」

「何のキャラよそれ」

「かたじけない」

そしてその翌日。

忘れないうちに瑞奈のメモを朝イチで唯李に渡す。

唯李は「ふふ、かわいい〜」と笑顔でしばらくそのメモを眺めていたが、やがて大事そうにクリアファイルにしまうと、

「悠己くんはクッキー食べてないの？」

「食べたよ、すごいおいしかった。唯李は料理とか上手なんだねえ」

「ま、まあね。結構小さい頃からやらされ……やってるから」

えへん、と胸を張ってみせる。

素直に「偉いなあ」と悠己が感心していると、それに気づいた唯李がまた例のにやにや顔を作って、

「あれれ〜？　もしかして悠己くん、家庭的な子に弱い……」

「いいなあ。俺料理はどうも苦手で……そういうのうまくできる人っていいよね。尊敬する」

「そ、そう……？　なんだ……」

「そうそう」

うんうん、と頷くと、唯李は突然口元を隠すように手でぐっと押さえ出した。

「どうかした？」

「ん、んっ？　ち、ちょっと、あくびがね……」

よほど眠たいのか、それからしばらく唯李は手を離さなかった。

◆　◇

その日の三限目の授業は教師が急遽《きゅうきょ》休みだとかで、自習になった。

隣のクラスで授業をする教師がその旨を告げて出ていくと、最初のうちは静かだった教室のあちこちから徐々に私語が聞こえ始める。

おのおの漫画を読み出したりスマホをいじりだしたり、やがて勝手に席を移動したりする生徒が現れると、室内はやや静かな休み時間の様相を呈しだしていった。

そんな中悠己はというと、相変わらず隅っこの席で手元の音楽プレーヤーから伸びたイヤホンを耳に入れて、机に突っ伏していた。

お年玉だとか貯めたこづかいをつぎ込んで手に入れた代物で、一丁前にノイズキャンセリングしている。

悠己が音楽を聞きながらすっかり脱力して眠りに入りかけていると、突然何者かに肩を叩かれた。

「何聞いてるの？」

けだるげに顔をあげると、案の定隣の唯李が若干首をかしげ気味にこちらを見ていた。

椅子に横座りして体を傾けて、身を乗り出している。

すでに席自体が少し悠己側に寄っているのが、悠己的には少し気になるポイントだ。

悠己はなんともなしに正直に答える。

「モーツァルト」

「えっ、クラシック？　もしかして悠己くんって、何か楽器とかやってるの？　家が音楽一家だったり？」

「いや全然。ただ家にあったから、何がすごいのか気になって」

「……そのパターン多いよね。偉人になにか恨みでもあるの？」

なんとなく自分で確かめないと気がすまないタチ、なのかもしれない。

単純に暇を持て余しているだけと言われても否定はできないが。

「それで何がすごいのかわかった？」

「いやさっぱり。ただ眠くなるからちょうどいい」

「それダメなやつじゃん」

じゃあおやすみ、と悠己が再度顔を伏せて目を閉じようとすると、

「じゃじゃーん」

とかなんとか聞こえてきたが無視していると、

「ちょっと見て、見てよこっち」

やっぱりうるさいので仕方なく上半身を起こして顔を向ける。

すると唯李が何やらメモ帳らしきものをパラパラとやりながら見せつけてきた。

いろいろと書き込みがしてあるようだが、なんだかわからない。悠己は目を細めて尋ねる。

「なにそれ」

「大喜利手帳。これで悠己くんのこと、笑わせようと思って」

はあ？ と思わず気の抜けた声が出てしまうが、唯李は意に介さずメモ帳をめくると、ひとりでに読み上げ始めた。

「校長先生のヅラが強風で飛ばされてしまいました。さて何が隠されていた？」

そこで一度ちらっと顔色を窺ってくる。

悠己がうんともすんとも言わずぼんやり見ていると、唯李はすぐにメモに視線を戻して、

「タケ〇プター」

またちらっと悠己の顔を見てくる。

どうやら題と答えを自分で読み上げるセルフ大喜利らしい。

「……それで笑えって？」

「今のは様子見に決まってるでしょ、要するにつかみ。ジャブだよジャブ。こういうのって順番が重要なの。最初はあるあるのネタでせめて、共感を得るわけです」

「いや、今のいきなりないよね」

「それからもしかしたらあるかなっていうあるなしのネタ。その途中に被せとかを持ってきて、そして非現実的な、なしなしのネタ。でもいきなりこれを言ってもしらけるわけです」

聞いてもいないのに得意げに講釈を垂れだした。

それなりの理論に基づくものらしいが本当かどうか。

「じゃいくよ次、ぶ、ぶふっ……」

「もう自分で笑っちゃってるじゃん」

「読んで読んで、お題読んで」

「……校長先生のヅラが強風で飛ばされてしまいました。さて何が隠されていた？」

「あ、味付けのり……ぶ、ぶふっ」

唯李は手で口を押さえながらぶふーっ、と息を吹き出す。

対する悠己は依然として真顔で、

「いや意味がわからない」

「わかるでしょ？　取れたときに保険かけたみたいな。しかも味付けだよ？　いざってときには白飯もいけますよ的な」

「ふぅ～ん……」

「感心してないで笑いなよ」

説明されるとそうか、とは思うがそんな吹き出すほどかと言ったらそうでもない。

唯李の笑いのツボが広いのか、というか事前に用意していたネタでこれだけ笑えるのなら幸せだ。

「じゃあ悠己くん試しにやってみて」

「えぇ……」

「校長先生のヅラが強風で飛ばされてしまいました。さて何が隠されていたでしょうか？」

お題を読み上げた唯李が期待の眼差しを送ってくる。

マジか……と辟易しつつも、悠己はどうにか考えを巡らせて口にした。

「血糊《ちのり》のついた凶器」

「なにそれ、どうして黒いほうに持ってくの？　はぁ……」

憐れむような顔でため息をつかれた。

ひどい無茶振りに答えてあげたのに、この仕打ちはどうかと思う。

「ブラックジョークは好きじゃないの」

「いや、そっちが好きかどうかっていう問題だっけ？　これって」

「じゃ次、次」

「めんどくさいからもう一気に答えだけ読んでよ」

いちいちお題を読まれると大して面白くもないのにやたら時間をとられる。

唯李は少し不満そうだったが、また一人でニヤニヤしながらメモを眺めて、

「ゼンマイ」

「午後は動きが鈍くなりそう」

「野球ボール」

「隠し球？」

「カレーはレンジでチンしてね」

「どこに書き置きしてるの」

「辞表」

「ヅラがバレたら辞めるんだ」

「愛」

「そういう答えは逃げでしょ」

「血糊のついた凶器」

「それ俺が言ったやつ」

「虚栄心」

「じゃあもういいよそれで」

人のネタを使いだした時点で、もう大したものは出てこないらしいことがわかった。

しかし唯李はなぜかやりきった顔でメモを閉じる。

「虚栄心まみれの凶器……転じてヅラ。答えが出ましたね」

「大喜利ってそういうことじゃないでしょ。ていうかさっきの偉そうな講釈は何だったの？」

「面白かった？」

「う〜ん……」

悠己は腕を組んで、自然と難しい顔になる。

すると唯李もちょっと困った顔になって、

「なんていうかその……笑ってみせてほしいなぁって」

「そう言われてもねぇ……俺を笑わせて何か得があるの？」

「得っていうか、だって悠己くん、笑ったらかわいいもんね」

そう言ってにこりと笑いかけてくる。

そういう本人も笑顔がすっかり板についているというか、目元の緩み具合といい口角の上がり具合といい完璧に近い。

「それ言うなら、唯李だって笑ってたらかわいいし」

「え？」

一瞬ピクリ、と唯李の口元がひくつく。

かと思えば、急に両頬に手を当ててぐっと押さえ込みだした。

「……何やってんの？」

「これ？　ホー◯アローン。ムンクの叫び」

「はあ？」

「効いてないよ？　効いてない」

「何が」

唯李は変なポーズのままふぅ～……とゆっくり息を吐く。

そしてやっと手を離すと、わざとらしいほどの真顔に戻った。

「ていうか別に、笑ってなくてもかわいいし？　唯李ちゃん普通にしててもかわいいもん」

「ああそうですか。でも唯李は優しいね」

「は、はい？」

「俺のこと楽しませようと思って、いろいろ考えてきたんでしょ？」

そう言うと、せっかくの唯李の真顔が崩壊を始める。

今度は目をそらすように顔を伏せ気味に、やや顔を赤らめつつ、

「え、えっとその、笑ってるほうが、いいかなって……」

「そっか。まあぜんぜん面白くなかったけど」

「よかろうそのケンカ買った！」

唯李はがたっと立ち上がると、悠己の机をガタガタと揺らし始めた。

しかしすぐに、二つ前に座っていたクラス委員の女子に「鷹月さん静かにして！　他のクラス授業中だよ！」と怒られてしょぼん、となっていた。

隣の席キラー被害者同盟

とある日の昼休み。

唯李が他の席の女子のところに行くのを見計らったように、慶太郎がやってきた。

今日学食行こうぜ行こうぜ、とうるさいので仕方なくついていく。学食はたいてい混み合っているのであまり行きたくないのだ。

そして実際行ってみると案の定混雑していた。

面倒だからパンでも買って食べよう、と悠己が言うと慶太郎はすんなり従ったので、購買でパンと飲み物を買い結局教室に戻ってくる。

だがその手前で「ちょっとトイレ」と言って慶太郎がトイレに入っていった。

悠己がそのまま先に教室に戻ろうとすると、すっと行く手に影が立ちふさがった。

「やあ、成戸くん……だったよね。ちょっといいかい」

すらりと背の高い男子生徒だ。ヒョロいと言っていいかもしれない。

サラリと横に流した柔らかそうな髪に、黒縁のメガネをかけている。

体はほっそりしているくせに、顔は妙に丸く膨らんでいて、大きくつぶらな瞳に分厚い唇と各パーツの主張が激しい。

決してブサイクというわけではないのだが顔がくどい。具体的にどこが、と言われると難しいが全体的にくどい。

「ええと、なんでしょうか」

「そんな他人行儀にしなくたっていいじゃないか。僕らはいわば、同志、なのだから」

「はあ？　どこのどなたで？」

「おや僕のことを知らない？　園田賢人《そのだけんと》……テストでは期せずして学年トップなどを取ってしまっていて割と有名人だと思うのだが」

しゃべりもくどかった。

悠己が早くも会話する気力を失っていると、やたら親しげに肩を叩かれる。

「わかる。何も言わなくてもわかるぞ」

「いや何なんですか」

「ふむ、こう言ったら話が早いかな。僕は前回鷹月唯李の……隣の席だった男だ」

なぜか園田はキメ顔で言った。

悠己が「ああ……で？」とやっぱり煮え切らないリアクションをすると、

「というか同じクラスなんだからそれぐらい知ってるだろうに。どうして君はそんな無関心でいられるのか」

少し納得がいかなそうな顔で見つめてくる。妙な目力。

なんだか変なのに捕まったなぁ、と悠已が露骨に視線をそらすと、

「とおりゃぁ〜〜！」

と声がして、慶太郎が園田に向かって飛び蹴りのポーズで突っ込んできた。

園田はへっぴり腰でなんとか身をかわしたあと、くわっと目を見開いた。

「な、何をするんだいきなり！」

慶太郎キック。ウチの悠已に何か用か？　ん？」

慶太郎が悠已の背中に手を回してきて、反対側の肩をぽんぽん叩いてくる。

暑苦しいのですぐ振り払うと、慶太郎は園田を指さして、

「で誰よこいつ」

「いやなんか、前回の鷹月唯李の隣の席の男だって……」

「……ん？　なんだよく見たら園田じゃんかよ。そうだ、そういやお前……」

途端に慶太郎の目つきが鋭くなる。

まっすぐ園田を見据えて、やや声のトーンを落として言った。

「……コクったのか？」

それに対し、園田はゆっくりこくり、と頷く。

すると突然、慶太郎ががばっと園田の手を取って握りしめた。

「おお同志よ！」

「ど、同志？　ということは速見くん、君も……」

「おうよ、お前の大先輩だ！　中学時代……過去に隣の席キラーの餌食となった男だ」

と慶太郎がハイテンションで突然そんなことを言いだしたので、悠己は思わず「うわぁ……」という視線を送ってしまう。

「そ、そんなドン引いた顔するなよ……。そこはかとなくフラグ出してたろ」

「そんなものは知らないな」

「実はお前ってオレの話、八割方聞いてないよな？　まあいい、何を隠そう最初に『隣の席キラー』の異名を付けたのはオレだ」

慶太郎はふふん、と得意げに胸を張ってみせる。

するとすかさず園田が横から口を出してきて、

「そうそう、それで僕も先輩としてね、少し成戸くんに忠告をしに来たわけだ」

「そうだったのか、そりゃいきなり飛び蹴りかまして悪いことしたな……。じゃあ改めて今ここに、隣の席キラー被害者同盟を結成する！」

そう高らかに言って慶太郎は園田の手を掴み、さらに強引に悠己の手を引っ張って合流させようとする。

「勝手に仲間に入れないでくれる？」

「いやいや、もう仲間も同然だろ？　てかお前も早く告白して振られて楽になったほうがいいぞ?」

慶太郎が真顔でそんなことを言うと、またも園田がそれに便乗してきた。

「そうだそうだ、速見くんの言うとおりだ。下手に希望を持つから苦しむ。笑顔で毎日毎日あいさつされて……『頭いい人の隣だと授業でさされてわかんなかったときにこっそり教えてもらえるし、宿題とか見せてもらえるしラッキーだなぁ』なんて言われて……しかも極めつけに『園田くんノートもきれいで完璧。やっぱ頭いい人は違うね』って言われて……そんなもん惚れてまうやろが!」

「なんかうまいこと利用されてるね」

「いろいろ犠牲にしてガリ勉でよかった!」

「よかったね」

園田は何やら目を閉じだして少し危ない感じに回想を始めてしまったので、あまり刺激をしないように適当に合わせておく。

黙って聞いていた慶太郎が、ふっとせせら笑うように鼻を鳴らした。

「なんだ園田。お前その程度で落ちたのか? まったく情けないやつだ」

「そ、そういう速見くんはどうだっていうんだ!」

「そうだな、まあ笑顔であいさつは当然として、他にも数えだしたらキリがねえけど……決め手はやっぱり消しゴムかな」

MOMO

「消しゴム?」

「オレがうっかり消しゴムを落としたときの話だ。消しゴムが足元に転がるやいなや、鷹月はすぐ拾い上げて、そんでふっ、て息を吹きかけてきれいにしてから、『はい、落としたよ』ってニコって渡してきたんだよ。ふってやったんだぞふって！　どうだヤバイだろこれ！　お前もそう思うだろ悠己！」

「うわしょうもな」

「これは行けるって思ってな。勢いでコクった。ちなみにそれが隣になって十日目の話だ」

「早っ」

「そしたら『えっ、あっ、ごめん……そ、それはむ、無理かも。ほんとごめん』ってこれ以上なく困った顔で言われたんだぞ！　なんかオレのほうが申し訳なくなってきて死にたくなったぞ！」

そのときの映像を思い出しているのか、慶太郎は頭を抱えて「ぬわ～」っと奇声をあげだした。

園田はその頭頂部を見下ろしながら、しきりに顎をさすっている。

「ふむ、僕のときと違うな……。『そういうふうには見れないかな。えへへーごめんね。気まずいから、何もなかったことにしようね』ってニコっとして……何かもう慣れている感じだった」

「つまり園田はかすりもしなかったと」

「そ、それは違うぞ速見くん、単純に時期が悪いだけだ！　しかし彼女はいったいどういうつもりなのか……思わせぶりな態度をとっておいて、いざ告白されればこれだ。これはきっと何かある……そこで僕は、この学年トップの君らとは出来の違う頭脳をフル稼働させて考えた末、一つの仮説に行き当たった」

「なんだよ、もったいぶらないでさっさと言えよ」

「その仮説とは……ずばり。彼女は隣の席になった男子を……惚れさせて弄ぶゲームをしている！」

園田はダダーン！　と効果音がつきそうな勢いで言った。

あっけにとられた表情の慶太郎に対し、悠己は余裕の笑みを浮かべてみせる。

「なんだ悠己。珍しく笑ったと思ったら笑うところじゃねえところで笑いやがって」

「それは俺も気づいてたよ。とっくにね」

「おお、成戸くん同意してくれるか！　そうだろうそうだろう！」

「同意も何も、本人に言ってやったから。まあうまくはぐらかされたけどね」

「マジか、お前勇者だな……。しかしなるほど、確かにそれだと辻褄《つじつま》が合うな。つまりオレたちは、からかわれて弄ばれていた……ってことか。さすが口が臭くても学年トップの男……って待てよそれじゃ、とんでもない悪女じゃねえかよ！」

「いや、そういうわけでもないと思うんだよね。宿題とか見せてくれるし」

「お前の中でそれでかいのな」

「いや成戸くんの言うとおりだ！　彼女は、根はきっとすごくいい子なのだと思う。おそらくそうせざるを得ないような、過去に何かトラウマになってしまうような出来事があったに違いない。いや、もしかするとそれは現在進行系で……なんにせよかわいそうに」

園田によると、唯李は何やら悲惨な過去があったせいか、もしくは現状抱えている悩みのせいで、こんな馬鹿げた遊びをするようになってしまった、ということらしい。

つまり精神的に病んでしまっているのだ、という。

なるほどさすがは学年トップの男……そう悠己が感心したのも束の間、

「そもそも僕は何も唯李たん……もとい鷹月唯李を非難しようというわけではないんだ。なぜなら……」

園田は悠己たちを手で制すと、突然カッと目を見開いて腕を突き上げ、高らかに叫んだ。

「弄ばれて一片の悔いなし‼　至福のひとときをありがとう！　夢を、希望をありがとう！」

「なっ……お前それは……。……確かにオレも同意だ！　あのときのオレは、確かに幸せだった！　毎日が幸せだった‼」

うぉぉおおと二人してがっちり腕を組んで急に盛り上がりだした。

いい加減うるさいので他人のふりをして逃げようとすると、ガッと強めに肩を掴まれる。

「せいぜいからかわれているうちが華と思え！」

「そうだそうだ、今のうちに幸せを噛みしめろ！」

二人雁首を揃えて迫ってくると暑苦しいことこの上ない。なんでもいいから早く飯を食いたい。

そう思ってちらっと廊下の先を見ると、通路をこちらに向かってくる三人の女子が視界に入った。

そしてその真ん中を歩いているまさに渦中の人物……唯李と目が合った。

「あーなんかいるー」

唯李の声がするやいなや、悠己はぱっと二人から解放された。

慶太郎は突然スマホを耳に当ててくるっと回れ右をしていなくなり、園田はぱっと背を向けてメガネを外しレンズを布で拭き出した。

「シュッシュッ！」

近づいてきた唯李が、すれ違いざまに腕を構えて空ジャブを繰り出してくる。

すると隣を歩いていた女子が唯李に不思議そうな顔を向けて、

「なにやってんの唯李？」

「ライバルだからね」

「なにそれ、ウケる」

キャハハ、と笑いながら女子三人が横を通り過ぎていく。

やたらチラチラとこちらを振り返られて、

「あれ誰？」

「いや同じクラスでしょ」

「ああ……いたような？」

そんな会話が少し聞こえてきたがあまり気にしない。

ちなみに園田は「やぁ」とキメ顔で斜め四十五度に手を上げていたが、唯李からも他の女子からもガン無視されていた。

少しかわいそうだったので悠己が見てやると、園田は手を下ろしてまるで何事もなかったかのような顔で見返してきた。

「何か？」

「いや別に何も……」

無視されてたけど大丈夫？　とは聞きづらかった。

しかし口に出さずとも感じ取ったのか、園田は若干口元を引きつらせながら、うーん……と腕組みをして唸る。

「どうやら今の彼女は……成戸くん。君を落とすことしか考えていないらしい。隣の席キラーは、狙った獲物は確実に仕留める。これまでの彼女の勝率は、僕の知る限りでは100パーセントだ」

「いや、もうそれわかってたら落とされるもクソもないでしょ」

「その考えは甘いな。何を隠そう、学年トップの僕のことだから、そのときから疑念はあったんだよ。これはからかわれているだけなのでは……？　とね。しかし、彼女の怒涛《どとう》の攻めに、でもこれもしかしてイケんじゃないかなぁ～？　の波に押し流されて、無事敗北を喫した」

「怒涛の攻めって、話聞くとそんな言うほどでもないよね」

「ふっ……まあそういうわけだから、君もせいぜい気張りたまえよ」

そう言って園田はぴっと人差し指と中指を立てて腕を振った。

なんかキモかったので悠己はノーリアクションでさっさと踵を返して教室に戻った。

その日最後の授業が終わって、放課後になる。

悠己は自分の席でゆっくり大きく伸びをしたあと、机の上の筆記用具を筆箱にしまおうとすると、つまもうとした指先で消しゴムを弾いてしまう。

「あ」

机の上から落ちた消しゴムは、床で大きくバウンドして転がりちょうど唯李の足元へ。

すぐに気づいて床に視線を落とした唯李は、座ったまま腰を曲げて消しゴムを拾った。

それを見た悠己はふと、昼に慶太郎の言っていたことを思い出す。

（ふっ、てやるのかな？）

慶太郎を告白に駆り立てたという必殺技。

実際どんなものかと唯李の挙動を見ていると、

「ラッキー消しゴム落ちてた。もーらい」

盗られた。

唯李は拾った消しゴムをそのまま自分の筆箱に入れようとするので、

「こら」

「はい？」

注意すると唯李はわざとらしく目をぱちぱちさせて、しらばっくれた顔をしてくる。

悠己が唯李の手元にじっと目線を送ると、唯李は消しゴムを手のひらに転がして見せてきた。

「あなたが落としたのはこの角の丸い消しゴムですか？　それとも……」

「そういう茶番はいいから返してもらっていいかな」

長くなりそうだったので途中で遮って言うと、唯李はむっと口をとがらせて、

「茶番て。もう、悠己くんノリ悪いなぁ」

「消しゴム拾ってくれてありがとうございます。で、いいですか渡してもらって」

ネコババされないよう自分のものであるアピールをする。

すると唯李は急に口元をにやつかせながら、ちらっと悠己のほうに流し目を送ってきた。

「ん〜……何か悠己くんの持ち物が欲しかっただけなんだけどな〜……」

人の持ち物を欲しがるという、まさかのスキあらばかっさらうぞ宣言に悠己は戦慄《せんりつ》する。

「まさか隣の席にシーフとは……」

「いやいや、なんで今のが理解できないかなぁ。超かわいくない？」

「消しゴムがないと地味に困るんだけど」

「そうだ、じゃああたしのと交換しよっか」

そう言って唯李は自分の筆箱から消しゴムを取り出し、すっと机の上に載せてくる。

そしてうふ、と笑いかけてくるが、実際手にとって見ると悠己が使っていたものより一回り小さい。

これでは詐欺《さぎ》だ。

「こっちのほうがすり減ってるけど？」

「せこいこと言うね。ぶち壊しだよもう」

「うまいこと大きいのに乗り換えようったってそうはいかないね」

「そちらはＪＫの使用済み消しゴムですよ。小さくても価値があるよ」

「なるほど。写真付きだったら売れるかな」

「ガチっぽくするのやめて？　冗談だからね？」

もういいです、と唯李は自分の消しゴムをひったくって、どん、と悠己の落とした消しゴムを机に置く。

どうやら自分の狙いどおりにいかなくて若干機嫌を損ねたらしい。

(う~ん、これはやはり……)

園田の言うとおり、彼女は心に何らかの問題を抱えていると考えてもおかしくはない。さすが学年トップは伊達ではないようだ。

こういったおふざけにも深い理由があるのだとすると、唯李のことをあまり邪険にするのもかわいそうだと思う。

それに運よく悠己はそういう子に対して、接し方にそれなりに心得があるつもりだ。

(なんとかしてあげられればいいんだけど)

というのはまさに妹の瑞奈のことで、悠己には過去の経験に裏打ちされた自信とそれらしい実績がある。

その当時のことを思い出しながら、悠己は唯李に対し頭ごなしに文句をつけることはせず、あくまで優しく声をかけてやる。

「あのさ、何かこう……悩みとか、困っていることがあるなら、聞くよ。一応」

そう申し出ると、唯李はじっと不思議そうに悠己の顔を見たあと、勢いよく右手を上げた。

「はーいはーい」

「はいどうぞ」

「隣の席の人がこうやって上から目線で変なこと言ってくる」

「んー……じゃあ何を言えばいいかな」

「何を言えばって、それは……え〜っと……」

唯李は目線を上にやりながら、何やら考え込みだした。

いったい何を考えているのか、唯李は一瞬にまっと口を緩めたかと思えば、はっと慌てて真顔に戻る。

「じ、自分で考えれば！」

「自分で……？」

今度は悠己が天井を仰ぐ番になる。

やたら横からジリジリと視線を感じるが、瑞奈のときはどんなだったかなと記憶をたどる。

「まあいろいろと、あるんだろうけど……安心して」

「……何を？」

「大丈夫だから。きっとね」

「だからそれ何なの？　さっきから……」

唯李は警戒心たっぷりに眉をひそめる。

もちろん唯李自身のことも気がかりだが、このまま彼女を野放しにして、これ以上気持ち悪い被害者を増やしてしまうのもよろしくないだろう。

そんなことを思いながら、まっすぐ唯李の目を見つめて微笑んでみせる。

すると唯李ははっとうろたえたように目を泳がせて顔を背けかけたが、ぐっと持ち直して見つめ返してきて、でもやっぱりすぐにガタっと席を立った。

「か、帰る!」

「大丈夫？　一人で帰れる？」

「か、帰れるわ！　子供か！」

「気をつけてね。寄り道してあんまり遅くならないようにね」

「よ、余計なお世話じゃい！　おかんか！　いやおばあちゃんか！」

唯李は頬を紅潮させながら、やや興奮気味にそう言ってカバンをひっつかむと、慌ただしく席を離れていってしまった。

（やっぱなんか違うな……）

当たり前といえば当たり前だが、瑞奈のときとはひと味もふた味も勝手が違う。

それだけ今度の相手は一筋縄ではいかないということだ。

席に残された悠己は、思案顔で一人首をかしげた。

本気で……本気

この日の天気は曇りときどき晴れ。

予報では遠くから台風が近づいてきているらしく、今週末に直撃するかどうか、というところだ。

昼休みの今現在、日差しが雲間から燦々《さんさん》と降り注いではいるが、風がそこそこに強く雲の動きがやたら速い。

なので今日の悠己は授業合間の休み時間、もしくはヒマな授業中は、窓からぼーっと雲の様子を眺めていた。が、さすがにいい加減飽きてきた。

「でさーそれがさー」

「えーマジ～？」

隣の席では、女子が数人椅子を寄せあってぺちゃくちゃとおしゃべりに忙しい。

悠己と違って唯李はクラスでもそれなりに人気者なだけあって、今のように女子が集まってきてごちゃごちゃとやかましくなるときがある。

いつもは昼休みになると、唯李のほうがたいてい他の席に移動するのだが、今日はなぜか唯李の席が集合地点のようだ。

かたやクラスで悠己に話しかけてくるのは、唯李を除けば慶太郎と園田ぐらいのもの。教室を出てトイレに行ったりすると捕まるのだが、悠己が自分の席にいて、唯李も隣にいる間は基本彼らはちょっかいをかけてこない。

昼食も食べ終わってしまい、悠己がいよいよ暇を持て余す一方で、隣のおしゃべりは一向に落ち着く気配がない。

こういうときは本を読んでもあまり集中できないし、ならばスマホでゲームでもやろうかと思ったが急に眠くなってやめた。

「えーでもあれだよねー」

「それやばくない？」

相変わらず隣の会話は悠己には何の関係もない話なので、とりあえず顔を伏せて寝るフリをする。いや寝る。

このとき問題なのは、うっかり熟睡してしまうことだ。

いつだったか次の授業が移動教室だということを完全に忘れていて、目が覚めて教室に誰もいなかったときは一瞬本気でパニックになりかけた。

「え～でも唯李っていっつも隣の男子と仲いいよね～」

一名やたら声が高くて通る子がいる。

顔を伏せたからといって、会話が聞こえてこなくなるわけではない。

虎の子の音楽プレーヤーは充電したまま家に忘れてきてしまったのだ。

「それはあれですよ。お隣さんとは仲良くしないと」

「てかアタシの隣、園田とかマジきついんだけど。唯李よく耐えたよね」

「園田くんは勉強聞いたら教えてくれるからいいじゃん」

「いや無理無理。あいつに聞きたくないもん、すべてがねちっこくて」

ここに来て知っている人の名前が出てきて、つい聞き耳を立ててしまう。

というか勝手に耳に入ってきてしまう。

「あいつ学年トップが~とかよく言うけど、この前の中間普通に五位とかだったよ。何五位て。その中途半端な感じ何？　って」

「そうそう、張り出しの前で腕組みして『あ~そうか~そうくるか~』って一人でブツブツ言ってたし」

キャハハハ、と笑いが起こる。

園田くんは人気者だな、と悠己が思っていると、急に隣の会話のトーンが落ちた。

「……ねえねえ、寝てる？」

「寝てると思う。どうなの？」

「アタシよくわかんない、しゃべったことないから」

「え~……なんかクール系？」

「よく速見に絡まれてるの見るけど、全然合わなそう」

「あーあいつ友達いるようでいないからね。一人のとき超おとなしいよ」

「マジで？　ウケるんだけど」

ひそめき合う声と、クスクスと忍び笑いがかすかに聞こえてくる。

その間を縫って、いつもどおりの唯李の声がした。

「んー彼の場合はクールというかグール系だね。なんかふらーって。ぼーっとしてるの」

「……なにそれ？　大丈夫なの？」

「まぁ彼はちょっと変わってるからね」

「へー。なにその『私はわかってる』みたいな言い方」

「ち、違うわ！　あたしは客観的事実を言ったまでです」

「へー客観的にねー？　よく見てるんだーひゅーひゅー」

「や、やめーい！」

ケラケラとひときわ大きく声が上がり、何やら盛り上がっている。

一方で悠己は、グールってどういう意味なのだろう……と考えていたが、ついに眠気が限界に達した。

聞こえてくる周りの声はいつしか途切れ、意識は深い静寂の中に落ちていった。

はっ、と顔をあげる。

視界に飛び込んできたのは、空席ばかりの机と椅子。

休み時間の喧騒どころか、周囲からは物音一つ聞こえてこない。

(あっ、五時限って理科教室……)

またやらかしてしまった。

と直感したそのとき、すぐ横で人の気配がした。

「あ、起きた」

ふっとそちらへ視線をやると、席に座った唯李が、机に頬杖をついてじっとこちらを見ていた。

目が合うなり、にこっと笑いかけてくる。

「授業遅れるよ、行こ?」

半分寝ぼけていたというのもあるが、思わず一瞬ぼうっと見とれてしまった。

唯李は頬杖を崩してこちらにまっすぐ向き直ると、今度は声を出して笑い始めた。

「くすくす、どしたのその顔、びっくりした? 悠己くんのこと待っててあげたんだけど」

「あ……そうなんだ」

「そうそう。あらら、もしかして悠己くん、ドキってしちゃ……」

「ありがとう」

悠已はほっと安堵《あんど》の息を漏らす。一人でも残ってくれていると、とても心強い。

素直に礼を言うと、唯李は余裕の笑みから一転、口元をまごつかせて、

「あ、あう……」

「あう?」

「う、ウフフ……悠已くんの寝顔かわいかったなぁ」

「いや顔面伏せてたから見れないはずだけど」

ぴしゃりとそう返すと、うっと息を呑んだ唯李はふいっと目をそらして、

「残念でしたー、ホントは筆箱忘れて取りに来ただけでした~」

手にした筆箱をぷらぷらとさせる。

どうやらずっと悠已が起きるのを待っていた、というわけではないようだ。

「それでも十分だよ。気づいたら一人の恐怖知らないでしょ」

「なにそれ」

どうやら唯李には経験のないことらしい。

まあわかるわかる、と言われても驚きだが。

唯李は釈然としない表情のまま立ち上がると、一度教室の中をぐるっと見渡して、

「あーあ、教室に二人きりですよ? 今」

自分の机に寄りかかりながらそんなことを言う。

「んー……。たとえばこうやって二人きりで……」

唯李は腰をかがめると、悠己が座っている高さに合わせ、顔を近づけてくる。

「見つめ合っちゃったりして……」

くりっとした瞳に、すっと通った鼻筋、やや丸みを帯びた輪郭。

それぞれのパーツが小ぎれいにまとまっている。

その中でも悠己が気になったのは、唯李の目元だった。

「なんとなく思ったんだけど……唯李って、妹にちょっと似てるかも」

「へ？」

意外な返しだったのか、発言を受けて唯李はピタリと固まる。

がすぐに慌てて微笑を浮かべ、

「へ、へえ～……妹さんって、どんな感じなの？　かわいい？」

「かわいいよ」

すんなりそう答えると、唯李は「え？」と聞き返すような仕草をした。

「何？」

「や、即答されてちょっとびっくりした」

「どうして？」

「いやぁ、そういうのって普通否定するかなって……」

「正直に言っただけだけど」

唯李は「ふ、ふぅ～ん……」と曖昧《あいまい》な表情でしきりに頷いてみせる。

しかし何か思いついたのか、急ににやりと口元を緩ませて、

「いや～でも、妹かわいい、であたしに似てるってことはつまり……」

「つまり？」

真顔で聞き返すと黙って視線をそらされたので、さらに思ったことを口にする。

「それに中身もなんとなく似てる気がする」

「は、はぁ～？ 中身が妹に似てるって……そもそも悠己くん、何月生まれよ？」

「え？ 十二月だけど」

「はいあたし八月～。姉～圧倒的姉～」

唯李は体をのけぞらせるように背すじを伸ばすと、腰に手を当てて胸を張りだした。

一瞬意味不明だったが、どうやら早く生まれたアピールらしい。

「小学生かな」

「ん～？ お姉ちゃんがいい子いい子してあげようか？ ゆうきくん？」

「ふっ」

「鼻で笑うな」

そのとき、授業開始を告げるチャイムが鳴った。

するとと唯李はさっと時計のほうを振り返りながら、

「あっ、チャイム鳴っちゃったじゃないのもう！　怒られたら悠己くんのせいだからね！」

「なんで」

「いいから早く、行くよもう！」

悠己がのそのそと教科書類を取り出していると、唯李が足踏みをしながら「早く早く！」とせかしてくる。

小走りの唯李のあとについて、悠己は教室を出た。

◆　◇

最後の授業が終わると、悠己は早々に帰り支度を始めて席を立ち上がった。

すると隣でまだ授業のノート類すらしまっていなかった唯李が、

「あれ、もう帰るの？」

「うん。さよなら」

それだけ答えて悠己は足早に立ち去ろうとするが、唯李がぱっと手のひらを突き出してきて、

「ちょっと待った」

「え？」

「待ってて」

そう言われてしまい、わけもわからずその場に立ちつくす。

やがて帰り支度を終えたらしい唯李が席に座ったまま、

「もういいよ」

とだけ言ってくるので、やはりよくわからないままに首をひねりながら教室を出ていく。

途中入口付近で園田に捕まりそうになったがうまくかわして廊下へ。

そのまま一人で昇降口を抜け、校舎を出て校門を通り過ぎて少し行くと、突然背後から追い抜いてきた影が悠己の前に立ちはだかった。

「づゃーん！」

両手を広げて変なポーズを取る女子生徒——何かと思えば野生の唯李が飛び出してきた。

「……何？」

「一緒に帰ろっか」

訝しむ悠己に向かって唯李はにこっといつもの笑みを向けてくると、勝手に隣を歩き始める。

しかしあまりに普通に誘われたので、ついまじまじと唯李の顔を見てしまう。

「雨じゃない日は自転車って言ってなかった？」

そもそも歩きで来ていること自体に疑問符がつく。

雲が多く風こそ吹いているものの、朝から雨は一滴たりとも降っておらず、予報でも降水確率はほとんどゼロだった。

「最近ちょっと歩きにしようかなぁ～って。少し運動したほうがいいかなと思って」

「無駄肉付きですか」

「あ?」

冗談で言ったのにドスをきかせてきた。

それ系はやはり女子には禁句なのだと、唯李の体へ上から下に視線を走らせながらフォローを入れる。

「全然、太ってるふうには見えないけど」

「ち、ちょっと、あんまりジロジロ見ないでくれます?」

「いや足がきれいだなって」

すらりと伸びた長い足に、短めの紺のソックスと黒のローファー。

チェック柄のスカートの長さは割と標準。結構短くしている子もいるので標準以上かもしれない。

唯李は手ではしっとスカートの裾を押さえつけるようにして、若干顔を赤くさせながら、

「そ、それ! 完全なるセクハラですよ? 今はそういうの厳しいからね!」

「あ、そっかごめん。金輪際そういうのは一切言わないことにする」

「でもまぁ事実だからね。つい口に出ちゃうのはしょうがないかな」

すかさずそう返されて謎の間がある。

唯李が無言のままちらっと顔色をうかがってくるので、

「褒められるとうれしいんだ？」

「そんなことは言ってません」

「複雑だねえ」

「女の子はいつだって複雑よ」

なんだかものすごく似合わない台詞を言った。

もう余計なことを言うのはやめておこうと黙っていると、

「なんていうか、歩く歩かないはただの口実で、本当は悠己くんと一緒に帰りたいなぁ～……なんて」

若干前かがみになった唯李が、こちらを覗き込むようにお決まりのドヤ顔を向けてくる。

（やっぱりそういうことか）

やはり完全にロックオンされてしまっている。

彼女の隣の席でいる限り、もはやそれは避けられないらしい。

どう反応すべきか迷った悠己は、結局それきり黙ってしまった。そう来られると、どうにも応対に困るのだ。

しばらくお互い静かなまま歩いていると、耐えきれなくなったのか唯李がこそっとつぶやくように言う。

「悠己くん相変わらずATフィールド全開だよね」

「そう？　だいぶ中和されてる気がするけど」

「誰が使徒だよ」

そうやって唯李がちょくちょく話しかけてはくるが、会話はすぐに終わってしまう。

そしてまた一緒に歩いているのにお互い無言、というかいつかと同じ状態になりつつあった。

ちらりと唯李の表情を盗み見ると、なんとなく元気がないようにも思えた。

唯李のほうから何か仕掛けてくる様子もない。前に黙られると不安になる、とは言っていたが……。

なんだかよくわからなくなって、悠己は自分から声をかける。

「別に不機嫌とかじゃないよ」

「へ？」

「自分から話すのあんまり得意じゃなくてさ。それとただリアクションが薄いだけだから」

そう言い放つと、唯李は少し驚いたふうに目線を上げて、悠己の顔を見た。

そしてわずかに口元を緩ませながら、

「それ、決まり文句のように言うけど……そんなんじゃ納得できないからね？」

口ではそう言いながらも、唯李の声音に徐々に勢いが戻ってきた。

「あたしとしては、悠己くんがもっと怒ったり悔しがったり泣いたりするところが見たいわけですよー」

「それは俺をいじめようとしてない？」

唯李はくすくすくす、と笑いながら口元を押さえた。

すっかりご機嫌になったらしく、ぐっと体を近づけてきて弾んだ声で尋ねてくる。

「ねえねえ、どこか寄ってこっか」

「どこかってどこ？」

「どこかってどこか」

自分で言い出したくせにまったくお話にならない。

とはいえ悠己はもともとまっすぐ帰るつもりでいたので、すっぱり断りを入れる。

「妹が気になるからまっすぐ帰るよ」

どこぞのネットの動画の真似か知らないが、昨日はコーラにメントスを投入して床をベトベトにしてくれた。

悠己が帰った時点で時すでに遅しだった。瑞奈は「好奇心に負けました。残念！」と悪びれもしなかったが、元気すぎるのも考えものだ。

瑞奈は「授業が終わったら一番早く教室を出て帰るから」と豪語していることもあり、毎度帰宅が早い。

帰宅部は遊びじゃないんだよ。とかなんとか言っていた。

しかし実際は部活動は強制参加のため、一応名目上は美術部員になっているはずなのだが、要するに行かないでバックレまくっているということだ。

といっても、もちろんそんなことを長々と話すことはしない。

悠己がそれだけ言うと、唯李は大げさに頷くそぶりを見せて、

「ふ～ん、また妹ね……。でもさ、今日はあんまり話せてないよね」

「……それはノルマでもあるの？」

「毎日きつくって……」

唯李は目をつぶってつらそうな顔をしてくるが、悠己は「そんなバカな」と一蹴《いっしゅう》する。

「唯李にしてみたら、俺なんてたくさんいるクラスメイトの中のその他大勢であるからして……」

「そんなことないよ？　成戸株はあたしの中で現在急上昇中だから。今気になるランキング一位」

唯李はふふん、と得意げに笑う。

そういうふうに笑うときはかましてやったよのサインなので、

「それ二位は？」

「に、二位？　え～っと、急に言われても……」

「二位以下のないランキングなど意味がない。よってブラフ」

「それブラフ言いたいだけでしょ。そもそも使い方おかしくない？」

「なら俺だって、唯李は女子の中でしゃべった回数一位、一緒に帰った回数一位……」

「それ、二位は？」

「……」

それこそ急に言われても、だ。

最後に女子とまともな会話をしたのはいつだったか、誰だったか思い出せない。してやったりなのか、唯李は妙にうれしそうに頰を緩ませたあと、わざとらしくため息をついて、

「はぁ～あ。悠己くんの将来が心配になってきたよ。もっと社交性をだね……そんな調子じゃ、まともな大人になれないよ？　悠己くんって、友達とかもあんまり……だろうし、それと、その……か、彼女とかも？　いない、いない、だろうし？」

「え？」

「えっ？」

向こうがすごい勢いで首を曲げて見つめてくるので、思わず立ち止まって顔を見合わせてしまう。

唯李はぱちぱちと真顔でまばたきを繰り返しながら、

「か、彼女、いるの？」

「いや、いないけど？」

お互い疑問系のまま見つめ合って固まる。

少しの変な間のあと、唯李が先に相好を崩した。止まったり笑ったりと忙しい。

「そ、そうだよねぇ～やっぱりねぇ～」

「いやぁ、なんかうちの妹みたいなこと言うなぁって、ちょっとびっくりして。彼女作れ作れって、最近急にうるさくなって」

「ふ、ふぅん～？　そ、それで悠己くん的には……何かあてはあるの？」

「いや全然。そもそも彼女になってくれって言ったところで、オッケーしてくれる人なんているわけないしね」

「や、や～そっか～。でも意外に……案外ね、いい物件がすぐ近くにあったりとかねぇ～……ん、んふふ……」

やや言いよどみながら笑みを浮かべつつ、唯李がちらっちらっと変な目配せをしてくる。

こうまでしつこく、それも露骨にやられると、さすがの悠己もおとなしく黙っている、というわけにもいかなくなった。

（やっぱりここらで一回、はっきり言ってやらないと）

そう考えた悠己は、意を決して唯李に向き直る。

「あのさ……もう本当に、いい加減やめよう？　惚れさせゲームとか、そういうくだらない真似はさ」

悠己がきっぱりそう言い切ると、唯李はまっすぐに見返してきた。

やや緩んでいた口元はいつしかきゅっと引き締まっていて、目つきもいたって真剣。

一度視線を切った唯李は一歩二歩大きく前に出ると、くるりと振り返って、再度悠己を正面から見つめてきた。

「……あたし、ゲームやってるつもりはないよ」

お腹の下あたりでカバンをぶら下げる両手に、きゅっと力が入ったのが見えた。

「本気で……本気だから」

本気の本気。

彼女はじっと熱のこもった視線を片時も離さずに、こわばっていた表情をかすかに緩めた。

この堂に入った迫真の演技たるや、まさにマジのガチだろう。

しかし悠己としては、かしこまって改めて言われるまでもない。

（そりゃ本気だろうな。勝率百パーセントの連勝記録がかかってるわけだから）

それでも衝撃を受けたのは事実だ。

これこそが隣の席キラーの本気。今までの小競り合いは、ほんの小手調べだったのだと思い知らされる。

こう言うことで相手に勘違いを起こさせる……そこに彼女の、絶対に隣の席の男子を惚れさせてみせるという、強い意志が感じ取れた。

(これは、やはり相当重症だ……)

「えへへ……」

恥ずかしそうにはにかむその洗練されきった仕草に、さしもの悠己もつい目を奪われる。

なるほどこれは、慶太郎や園田が太刀打ちできるはずもない。

唯李は体をもじもじとさせると、いっぱいに頬を紅潮させ、言い出しにくそうにしながらも、さらに言葉をつむぎ始める。

「だから、その……。できたら、もっと悠己くんと仲良くな……」

そう言いかけたとき、金属がきしむような音と同時に突風が吹いた。

一瞬にして風が唯李の髪をバサバサに乱し、さらに勢いよくスカートを巻き上げる。

「なぁあああっ!?」

話すことに集中していた唯李は、慌ててスカートを押さえようとするがすでに手遅れ。ちらり、どころではなく下着が丸見えになる。

変な奇声を上げながら唯李はその場にうずくまると、必死に両手でスカートを押さえつけながら、かつてないほどに顔を赤くして、ぐっと悠己を睨んできた。

こちらは何も悪くはないのだが、まるでお前のせいだと言わんばかりの勢い。

対する悠己は風と同じ向きに立っていたため割と平気だった。急に向かい風の位置に立った唯李の半ば自業自得とも言える。

風は一度おさまったがいまだ唯李はしゃがみこんだままだ。

まあ見てしまったのは悪いというか少し気まずかったので、とりあえずなにかフォローを入れようと迷った末、

「……か、かわいいパンツだね？」

相手が瑞奈ならいざ知らず、セクハラ云々言われたばかりだし、そういう部分に触れるのはあまりよろしくないのかもしれない。

悠己は言いながらそう思ったが、女の子はフクザツだというのでまだわからない。

ややあって唯李は無言ですっく、と立ち上がった。

表情こそ何やらすましているが、若干口元がプルプルしていて依然として顔面は真っ赤だ。

いったい何と返してくるか待ち構えていると、唯李はそのまま何も言わずにくるりと身を翻して歩きだし、とんでもない早足でその場を立ち去った。

（やはりダメか……）

残された悠己は、遠ざかっていく唯李を見つめて一人その場に立ちつくす。

その背中がまるで追ってくるなと言っているようだったので、あえて追わなかった。

なにはともあれ、彼女の闇は思っている以上に深い。

そうまでして彼女を絶対勝利に駆り立てるものとはいったい何なのか……。

(いい子だとは、思うんだけどなぁ……)

かつて母を失ったことで妹の瑞奈がふさぎこんでしまったように、唯李も過去に何らかのショッキングな出来事があって、今のようになってしまったに違いない。

それはたとえば隣の席の男に親でも殺されたかのような……。

永遠に失った友との約束……。生き別れた兄弟との絆……。逆らうことのできない古い家の厳しい掟……。小さいリボン付きの白いパンツ……。

などと悠己は様々に思いを巡らせるが、答えは出なかった。

とにかくかわいそうな子なのだ。

そんな子と隣の席になってしまったのも、何かの縁だろう。

できることなら、なんとかしてあげたいとは思う。

何にせよ大切なのは、焦らず我慢強く長い目で、あたたかく見守ってやることだ。

瑞奈のときもそうして、見違えるほどよくなった。思い返せば二人は、やはり似ている部分がある。

(これからは、もっと優しくしてあげよう)

悠己は心の内で、そう決めた。

◆　◇

一方命からがら？　帰宅した唯李は、脇目もふらずに自室に直行し、ろくに着替えもせずにベッドの上で枕に頭を突っ込んで、足をバタバタさせていた。

（ヤバイどうしようどうしよう！）

思いっきりパンツ見られた。

……じゃなくて、言った。ついに言ってやった。

本当はもっと様子を見る予定で、このタイミングで言うつもりはなかったのだが、売り言葉に買い言葉というか。

くだらない真似はやめろ、と突然あんな真顔で本気なトーンで言われるとは思っていなかったのだ。

（けど言った。言ってやった！）

惚れさせゲームなんてしてない。

ということは、つまり今までの自分の言動は、すべて本気で惚れさせようとしてのことで。

要するにこれは、なんとかしてあなたの気を引きたかったのです……と言っているも同然。

つまり、考えようによってはほぼ告白。

（でも思いっきりパンツ見られた……）

告白と同時にパンツを丸々見せていくという荒ぶり具合。

どうにもいたたまれなくなり、そのまま何も言わず急ぎ足で逃げ帰ってきてしまった。

途中ずっこけて軽く膝を擦りむいた。また誰かにパンツ見られたかもしれない。しにたい。

しかし今頃向こうも家について、冷静に唯李の言動を思い返してあれこれと考えているはず。

今にもラインが来るかもしれない。もしかして通話もありうる。

『さっきのって、つまり……』

『本気で惚れさせようとして？』

なんて来たら、どうするか。言うか、もう一回言うか？

しかし本当にこのタイミングでいいのか？　パンツガン見せした直後で？

などと頭の中を混乱させつつ、スマホを握りしめたままうつ伏せになっていると、ブーブー、と手元が震えた。

ラインが来た。悠己だ。

『大丈夫だから安心して』

主語もなにもない意味深なメッセージ。

すべてオールオッケー、という解釈にも取れるが、はやる気持ちを抑えて探りを入れる。

『と、いいますと？』

『他には誰にも見られてなかったと思うから』

「やっぱそっちかーい!」

跳ね起きつつスマホを布団の上に放る。

さっきもかわいいパンツだね、とか言って意味不明なフォロー? をしてきたが、やはりあれは一言キレておくべきだったか。

知らんもう寝る! と再度横になってふて寝しようとすると、いきなりガチャっと部屋のドアが開いて、ずかずかと姉の真希が乱入してくる。

「ちょっと! だからノック!」

「一人で何を叫んでるの? バタバタうるさいし」

隣の部屋との壁が薄すぎるのも考えものである。

むくりと体を起こすと、真希が何やら訝《いぶか》しげにジロジロと見てくるので、唯李は全力で話をそらす。

「あ、あれ~? お姉ちゃん今日大学は?」

「今日は午前中で終わりだったの~」

「いいですねえのんきで……」

「ヒマそうに見えるのはたままたまたま。それより唯李ご飯作って~。今日はお肉食べたいなお肉」

「自分で作れ」

「唯李が作らなかったら食べるのないよ？」

相変わらず人の話を聞かない。

真希はすでに女子力低い部屋着に着替えていて、買い物に出る気もないらしい。

「今日お母さんは？」

「パート主婦同士でディナーだって、聞いてなかった？」

「また？」

母親はしょっちゅう家事をサボる。いや主婦をサボる。母親をサボる。

それに似たのかこの姉もとことん働かない。

「今日はなんかも〜、いろいろやる気分じゃない」

「どして？　あ、ラインきてるよ」

「ん〜？」

そう言われて何気なく見ると、いつの間にかスマホを手にした真希がすっすっと指で操作しているのが目に入って、目玉が飛び出そうになる。

慌てて近づいてスマホをひったくって、

「って勝手に妹の携帯見る姉がどこにいるか！」

「『ごめんね、なんか怒ってる？』だって。優しそうね」

「読み上げんでいいわ」

「成戸悠己、か……。覚えた」

「フルネームで覚えんでいいわ」

ほんの一瞬でいろいろと情報を盗み取られた。

油断もスキもあったものではない。

「というとこれがウワサの彼……」

「ウワサも何もないです、そんなものは最初から」

「相談……のるよ?」

「いらん。しっしっ」

部屋に居座ろうとする姉を無理やり押し出して、再度ベッドの上に腰を落ち着ける。

スマホの画面を眺めながらどう返信するか迷ったが、『別に怒ってはいません。勝手に帰ってごめん』とだけ返す。

『それならよかった』と妙に返信が速くて丁寧なのが少し気にかかったが、なんにせよ明日はなんとなく顔が合わせづらい……と唯李は思った。

プレゼント

翌朝、唯李が教室に入っていくと、すでに隣に悠己の姿があった。

今日も歩きで来たため少し時間は遅いが、それでもたいてい唯李のほうが早い。なので珍しい。

傘立てがいっぱいだったので、とりあえず傘を机の脇にひっかける。

いよいよ台風が今日の夕方から明日にかけて接近するという予報なので、さすがにこれで傘忘れた~なんてやってたらただのバカである。

「おはよう」

カバンを机に乗せるやいなや、悠己が顔を向けてあいさつをしてきた。先にあいさつされるのはもちろん初めてだ。

いったい何事かと思わず身構えそうになるが、あくまで表面上平静を装ってあいさつを返す。

「おはよ」

「眠そうだね」

「そっちもね」

デフォルトで眠そうな悠己に対し、唯李も昨晩はなかなか寝付けず、おまけに風の音がガタガタうるさくてそれに拍車をかけた。

悠己が眠そうに見えるのも無理はない。

席につくと、またしても珍しいことに悠己のほうからこちらに体ごと向き直って、すっと腕を差し出してきた。

「これ、渡そうと思って」

「え？」

「プレゼント」

そう言って悠己が広げた手のひらには、何やらアクセサリーのような物体が載っていた。

やや黄色がかった乳白色をした小豆大ほどの石に、ストラップ状に紐がくくりつけられている。

当然そのへんに転がってそうな石ではなさそうだ。光を反射してキラキラと光沢を放っている。

おそるおそる眺めていると、悠己がほら、と近づけてくるので、唯李は戸惑いながらも手に取った。

「わぁ、きれい。これって……」

「なんか、パワーストーンとかって言うのかな。唯李にあげるよ」

「えっ……いいの？　こんなのもらっちゃって」

「いいよ。うちの父親がそういうの好きでいろいろ集めてて、家にいっぱいあるから」

「へ、へえ〜……あ、ありがとう」

悠己の突然の行動に面食らいながらも礼を言うと、彼はにこっと笑い返してきた。

続けざまに不意打ちを受けて思わずどきり、としてしまう。

いやこれは笑いかけられただけでドキドキしてしまうという少女漫画的なアレではなくて、めったに笑わないやつが笑うとびっくりするというかなんというか……。

と唯李は一人で頭の中で言い訳をしながら、動揺を悟られまいと口を開く。

「で、でもこれって……どういう？　なんでいきなり？」

「それ精神の安定とか、ストレスを和らげる効果があるんだって」

「へ、へえ〜……。ま、まあ現代社会に生きる身としては、ストレスはつきものだよね」

「特に唯李はメンタルが相当危ういみたいだからね」

「誰が病んだメンヘラ女じゃ」

気づけば食い気味にツッコんでいた。

わぁきれい、なんて受け取ってしまったがそういうことか、この石そういうことか。

あの悠己が急に「プレゼント」などと言い出したので、どうも不審に思っておっかなびっくりだったが、これで逆に安心した。

だがさすがに「お前がストレスの原因なんじゃい‼」とまでは言えない。

やはり昨日の一件で、よほど変な女に思われたか。

隣になった男子を残らず惚れさせるゲームをしている頭のおかしい女扱いなのか。

「……あたしそういうんじゃないけどね？　言っとくけど」

「ダメだよ言ってるそばからほら」

「いやあのね……なんか、思い違いしてるのかもしれないけど」

「はやく石を、石を握って！」

「うるさいなさっきから」

早く回復アイテム使え、みたいなノリでしつこいので、仕方なくぐっと手を握りこむ。早速石を握り潰しそうな勢い。

なるほど確かに力をこめてそこに怒りを逃がすことで、いくぶんストレスが和らぐ気がする。

（……ていうかそういう使い方？）

今にも誰か殴りつけそうに拳を握りしめているのはいかがなものかと。

目に見えない不思議なパワー的なもので癒やしてほしかった。

唯李が少し落ち着いたのを見ると、悠己が再び腕を伸ばしてきて、

「手出して」

「……今度はなに？」

「いいから」

今日はなぜかやたらグイグイ来る。

やはり警戒しながらも手を差し出すと、手のひらにちょこんと丸い球体が載った。

「……なあにこれは」

「飴玉」

「子供扱いか」

「おはじきじゃないよ」

「わかっとるわ」

節子ちゃうわ、と唯李は飴を口に放り込んでガリガリ噛みながら、

「今日はどういう風の吹き回し？　どうしたの急に」

「チョコもあるよ」

「質問に答えなさい」

悠己がカバンから何やらガサゴソと取り出そうとするので待ったをかける。

すると悠己はまたしても口元に微笑を浮かべながら、唯李のほうを見た。

「やっぱり何かの縁だと思うんだ。隣同士の席になったのも」

「……うん、それで？」

「俺にできることなら、力になるからさ。何か悩みがあるなら……」

やたらに悠己の声音が優しく、口調も柔らかい。

改めて思うが、たいしてしゃべらない分際で無駄に声がいい。癒し系。

これ耳元で囁かれたらヤバイかもしれぬ……と一瞬そっちに気がそれそうになるが、慌てて調子を戻して、

「ふ、ふぅん……？　それってたとえば？」

「たとえば？　うーん、じゃあ試しに希望をなにか言ってみて」

ここで「彼氏的なものがほしいなぁ」って言ったら「しょうがないなぁ」って言ってきそうな雰囲気すらある。

いっそのこと、——あたしが惚れさせたいのは、悠己くんだけなの。あたしのこと、好きになって。

なんて目をうるませて言ったら、これはもしや、行けるのでは……？

（って行けるかバカ）

どう見ても罠。

完全なる見えている地雷。

だいたいそんな歯がガタガタになりそうな恥ずかしい台詞を言えるわけがない。

「……ねえ、あたしのこと、からかってるでしょ？」

「えっ……。それはこっちのセリフだけど」

なるほどそりゃ確かに。と納得している場合ではない。

今からかわれているのは明らかに自分のほうなのだ。

「つまりそれ……やられたからやり返そうってわけ。ふーん」

「ひねくれてるなぁ相変わらず……」

「相変わらずって何よ」

きっと睨んでやるが、くすっと軽く笑って返され、まさにのれんに腕押し状態。

しかしこの態度は、まるでぐずるわがまま妹におおらかに接する兄のような……。

この前の話ではないが、妹に似てるうんぬんはこの前振り……？

（待てよ？　もしやこの余裕っぷりは……）

もしかして昨日のことがあって、やっぱり向こうはこっちの気持ちにうすうす気づいていて、
それでからかっているのでは。

昨日の今日でこの変化は……その可能性はかなり高い。

つまり惚れさせようとしている本人がすでに惚れている、ということが相手にバレている
……？

なんだかややこしいことになっているが、もしそうならこれは非常によろしくない。

こうなると唯李の中の予定が完全に狂うのだ。

（このままではあたしが下になってしまう……）

こんな状態でこっちが折れたら、仮にうまくいって付き合いだしたあともずっとパワーバラ

ンス確定で、とうてい覆《くつがえ》せそうにない。

やはり相手に惚れさせて告白させる、そこからスタートしなければ。

こんなことでドギマギしている場合ではないのだ。

なんとしてもこの惚れさせゲームに勝利しなければならない。それも圧倒的勝利を。

「ど、どしたのかなぁ悠己くん。急に優しくなっちゃって。ついに唯李ちゃんの魅力に気づいちゃった？」

「そうだね。少し考えを改めようと思って。唯李のこと、ちょっと誤解してたみたいだから」

何をどう誤解していたというのか……やはりバレているのか。

そもそも絶賛誤解中なのではないかという気もするし、まったく読めない。

「ムムム……」

「ん？　どうかした？」

やはり強い。顔色にまったく出ない、こののれん系男子は……いったいどうしたものか。

なんとか、なんとか上に立つ方法は……。

「よかった、それ気に入ってくれたみたいで」

「まあね……これからとっても役立ちそうだしね」

にっこり笑う唯李。

その手元、若干プルプルと震える拳の中で、早くもパワーストーンが酷使され始めていた。

かわゆいモード

その日の夕食後、風呂から出た真希は、自室のある二階への階段を上がっていく。

奥の自分の部屋に向かうその途中、手前にあるドアの前ではたと足を止めた。

固く閉ざされたドアには、「ノックしてね」と書かれた猫のイラスト付きのステッカーが貼ってある。

最近はこうして唯李がすぐ自分の部屋にこもってしまうので、ちょっと寂しい。

これでは唯李で遊べない……もといたった二人の姉妹なのだから、もっと日頃から仲良くしたいと思っているのだが。

真希は無音でゆっくりドアノブをひねると、熟練した体の動きですぅーっと音もなくドアを押し開ける。

部屋の中では、唯李がベッドに仰向けになりながら、手からぶら下げたネックレスのようなものを眺めてにまにましていた。何やら面白そうな予感。

そう直感した真希は、ずかずかと入室するなりベッドに近づいて、唯李の手元を覗き込む。

「どしたのそれ」

「ひっ」

唯李は幽霊でも見たような顔で上ずった声を出すと、さっといずまいを正して手に持っていた物体を背中に隠した。

真希はすかさず人差し指を立てて、

「何それ」

「な、何が？」

「その手に持ってるの」

透視能力を見せつけていくと、早くも観念したのか唯李は手を前に持ってきて、例のブツをぶら下げるように見せつけてきた。

宝石……ではなくただの色のついた石のようだ。おそらくパワーストーンか何かの類だろう。

「へ、へへ～。これ、プレゼントもらっちゃった～」

「例の彼？　ふ～ん、急に進展したみたいだね」

唯李は「まあね～」と笑ってみせるが、笑顔が若干ぎこちない。

ちょっと見せてよ、と言って真希は石を手に取る。

「きれいね。なんていうやつなのこれ？」

「名前はわかんないけど……これね、ストレスとかを和らげる効果があるんだって」

「何？　ストレスまみれなの？」

唯李は一瞬真顔になったがまた笑顔を作った。ちょっと引きつっている。

真希はその手に石を返しながら、

「それにしてもいきなりプレゼントって、結構キザなことするのね」

「そうそう。でもあんまりグイグイこられるのも困っちゃう～……」

「……本当か？」

真希がぐっと顔を近づけて迫ると、明らかに唯李の目が泳ぎ出した。

「本・当・なのかな？」

さらに目と鼻の先に顔を近づけていくと、唯李は突然ギュッと目をつぶった。

そしてわなわなと体を震わせだしたかと思うと、

「お姉ちゃぁああん‼」

がばっと腕を背中に回して抱きついてきた。お腹にぐいぐいと顔を押し付けてくる。

真希は両足でバランスを取りながら、優しく唯李を抱きとめてやる。

「どしたどした唯李～。よしよし。正直に言ってごらん」

「尻じゃなくて頭を撫でろ」

冷静に手を払いのけられた。

やり直し。

「おネエちゃぁああん‼」

「誰がおネエか」

「あの男、あたしの気持ち知ってて、からかってるのきっと！　このままだと負ける！」

「……何と戦ってるの？」

「ダメなのこのままだと！　だいたい男が尻に敷かれてるほうがうまくいくって言うし？　そもそもからかわれたりするのは苦手っていうか嫌いっていうかムカつくし？　あたしからかわれて喜ぶとか全然そういう性癖ないし、どちらかというとSだし？」

どちらかというとドMでしょ。と思ったがあえて口を挟まず聞く。

「だいたいスタートがさぁ、下だとそれからずっと引きずるじゃん？　先に惚れたほうが尽くせよ？　みたいな流れで？」

しかし黙っていれば次から次へとグチグチグチグチうるさいので、

「もうめんどくさいからさっさと自分から告れば？」

「それは恥ずかしいから、や！　もし振られたらどうするの！」

「なんやごちゃごちゃ言ってて結局それかい」

もう知らん。

と唯李の体ごと突き放そうとすると、唯李は涙目になりながらまとわりついてくる。

「もうやぁ……おねえちゃぁん、助けてぇ〜……」

「おっ、これは久しぶりにかわゆいモード来たかな」

「なぁにそれぇ〜……」

説明しよう！

かわゆいモードとは、真希がこっそり名付けた唯李の別形態のことである。

にっちもさっちも行かなくなったとき、唯李は自分で考えることをやめ、他力本願の甘えん坊に退化するのだ。

この状態だと素直に何でも言うことを聞く。アホの子とも言う。

ちなみに超絶かわゆい。そしてものすごくいじめたくなる。

真希はうにょーんと唯李の両頬を指で引っ張りながら、

「何がダメか教えてあげよっか」

「ろうひてぇ？」

「それはねぇ、素直になれてないからダメ。一回ちゃんと『好きです』って言えるかどうか練習してみよっか」

真希は子供を諭《さと》すように言う。

これが普段の唯李なら、「は？　何言ってんの？」と姉に向けたらあかん系の冷たい視線を向けてくるだろう。

しかしかわゆいモードに入った唯李は、キレるどころかいっぱいに顔を赤らめ、体をもじもじとさせて、舌足らずな声を出した。

「……ち、ち、ちゅきでちゅっ、ちゅきあってくだちゃい‼」

「ん〜？　唯李はネズミさんかなぁ〜？」

「ち、ちがいますぅっ！」

真希は自然ににやにやと頬が緩んでしまってどうしようもない。

楽しすぎてさらにいじめたくなる。

「つれぇわ……ちゃんと言えないじゃないの……」

「おねえちゃんのいじわるぅうっ」

「いたいいたい」

唯李がギュッと目をつぶりながら、ぽかぽかと膝を叩いてくる。

「痛い、痛いって。マジで痛いから！　石握りしめて叩かないでくれる？」

拳が重い。ぽか、ぽか、ではなくゴッゴッゴと鈍い音がする。

プレゼントを凶器扱いするのはいかがなものかと。

小さいときならいざしらず、さしものかわ唯李も体はすっかり大きいのだ。

痣《あざ》にでもなったらたまらないので、とりあえず一度唯李を引き剥がして落ち着かせる。

「落ち着け落ち着けどーどー。……ところで私なりに考えたんだけど、きっとその彼は……他に本命がいるわね」

「へっ……。でも彼女はいないって……」

「ふっ、甘いわ。そんなこと正直に言うと思う？　私の勘によると唯李は……キープされてるわね」

「き、キープ？」

「それかもしかすると今、吟味している最中で……つまり他にも気になる子がいて、どっちがいいかなぁ～って秤《はかり》にかけてるわけ。だけど物を贈ってくるってことは、間違いなく気はあるわ」

「うんうん」

「きっとリアクションを見てるわよ。プレゼントにどういう反応をするかとか。だから今、唯李は試されてるのよ」

「なるほどぉ……」

目をキラキラさせて、いちいちうんうんと感心しながら頷く唯李。

そんなふうにされるとつい口が滑ってしまうというか、もっとあることないことしゃべりたくなってしまうというか。

「けども少しの衝撃で、天秤が一気に揺らぐこともある！　大丈夫よ唯李。唯李はかわいい。かわいいんだよ」

「うん！」

「でも、もうちょっと女の子らしさというか色気というか……あざとさが足りないかな。唯李なんかおっさんみたいなときあるでしょ」

「あざとさ！」

「お姉ちゃんとしては、もっとエロかわいい小悪魔なところが見たい……じゃなくて彼に見せていって」

「え、えろかわいい……」

「つまりエロかわゆいで押せ押せだよ押せ押せ押せ！」

「うおおおお！」

唯李が太い声で拳を突き上げて急にみなぎりだした。

なんかあんまりかわいくなくなってきた。

だからそれをやめろと言うのに……どうやらノーマル唯李が息を吹き返したらしい。

「こうなったらいっちゃう？　小悪魔唯李ちゃんいっちゃう？」

「おう、いっちゃえいっちゃえ！」

「お姉ちゃんメイク！　道具貸して！」

「洗面所のとこに入ってるよ！」

びっと洗面所のほうを指さしてやると、まるで犬のように唯李はだだっと部屋を出ていってしまった。

これは術が効きすぎたか……我ながら怖い。

けどあの調子だとオレオレ詐欺とかにも引っかかりそう。だからなんか変な男に引っかかってるのかもしれないが……。

「まったく、なーにが小悪魔よ、絶対無理でしょそんなの。いっそのことかわゆいモードでいけばどんな男も落ちるだろうに……。でもそのへんのぽっと出の男にはやりたくないなぁ……」

真希にしてみたら、名前以外まったく影も形も見知らぬ相手だ。

プレゼント、なんて思ったより女慣れしているようだし、絵に描いたチャラ男みたいなのが出てきたらちょっとどうしようかと思う。

なんとかして……どこかで遭遇できないかなぁ、と思案していると、

「お姉ちゃんヤバイヤバイ！　ちょっと手伝って！」

顔の一部をやたら白くした唯李が駆け込んできた。

「はいはい」と真希は唯李に手を引かれながら部屋を出た。

小悪魔唯李ちゃん

「ゆきく〜〜〜ん！」

「ゆーきちゃ〜〜〜ん‼」

「ゆ・う・き〜〜〜‼」

「ボゥオォオオアアアアア‼」

怨霊《おんりょう》のごとき叫び声で目が覚めた。

ぱちりと目を開けると、百均のメガホンをこちらに向けたエプロンにパジャマ姿の瑞奈が、枕元に這いつくばっていた。

「あ、起きた！　ダメだよゆきくん、そんな寝てばっかりいたら！」

悠己が顔をしかめて目をこすっていると、瑞奈が寝起きにはきつい高音をメガホン越しに耳元に浴びせてくる。

なんというか今日はあれだ。非常に疲れている。原因はわかっていて、昨日無駄に唯李相手にニコニコしたせいだ。

経験上、優しいお兄ちゃんモードをやると異様に疲れるのだ。常時発動できていたら瑞奈の相手をするのもここまで苦労はない。

「おーいゆきくーん。生きてる?」

「昨日笑いすぎたひずみが……」

「ゆきくん……100パーセントを超えてしまったのね」

久方ぶりに頬を酷使してしまって筋肉痛である。

やりすぎると反動で、何もかもめんどくさい虚無モードに入ってしまう。ある種本当の素とも言える。

一晩寝たことにより多少は回復したようだが、やはりあまり無理するものでもないなと悠己は思う。

悠己はごろんと瑞奈に背を向けて寝返りを打つと、再びスヤァと目を閉じた。

「おやすみ」

「ダメだよゆきくん、もう十時だよ!」

「眠い」

「まずい、ゆきくんが無気力モードに!」

悠己をまたいで回り込んだ瑞奈が、ぺちん、ぺちんと手のひらで頬を張ってくる。

最初は頬を撫でる程度だったが、一回ごとにどんどん威力が強くなっていく。

比例ではなく二次関数的な勢いだ。このまま起きないと最悪死ぬ。

「起きろー! ここで寝たら死むるぞー!」

「わかったよ、起きる、起きるから」

いやいや目を開けて上体を起こすと、ちょうど瑞奈が腕を振りかぶって上半身のバネを使おうとしていた。

危なかった。

「ゆきくん起きた！　ＦＯＯＯ‼」

瑞奈がこれみよがしにばうんばうんとベッドの上を転げ回る。

元は父と母が一緒に使っていたダブルサイズのベッドで、一人で使うにはかなり大きめだ。

両親の寝室という扱いだったここが今は一応悠己の部屋、ということになっている。

が、このベッドが面積の大半を占めていてあまり自分の部屋という感じはしない。

「外でやりなさい」

「台風きてるのに？　ゆきくん鬼畜だね」

「そういう瑞奈もなかなかだよ」

ほっぺたがじんじんする。執拗に左ばかりを狙われた。

鏡を見たら絶対赤くなっているやつだ。

ベッドから降りてカーテンを開けると、窓にも水滴が張り付いていた。

外は横殴りの雨で、風がゴーゴー言っている。台風が直撃するという予報は当たったらしい。

これでは一歩も外に出れそうもない。

（買い物に行っておいてよかったな）

昨日のうちにスーパーで食料を買い込んでおいた。

今日は土曜で学校が休みでよかったが、これではどの道遅延か休校になっていたかな、とは思う。

「さあゆきくん、朝食のご用意がありますわよ」

瑞奈にグイグイ手を引かれて、リビングにやってくる。連日の家事ごっこはまだ続いているらしい。

「しばしお待ちを」

椅子に座らされると、テーブルの上にはグラスに入った牛乳と、無造作にバナナが一本転がっていた。妙にシュールだ。

とりあえずグラスを取って牛乳を口に運ぶと、やたら生ぬるい。

「これ注いだのいつ？」

「結構前かな」

「結構の具合で対応が変わってくるんだけど」

「ゆきくんが早く起きないから」

非常に嫌な予感がしながら待っていると、瑞奈がキッチンのほうから皿を運んできた。

皿の上には黄身の二つある目玉焼きが載っている。

「どう？　瑞奈が作ったんだよ」

「やるじゃないか。ちょっと焦げてるけど」

「そりゃもうバリカタよ。ちゃんと火を通さないとダメですからね」

自分は半熟じゃないとごねるくせに。

まあそれはいいとしても、目玉焼きの上でぐるっととぐろを巻いている乳白色の物体はちょっと見過ごせない。

「これは……」

「マヨネーズかけておいたよ」

「唐揚げにレモンどころの騒ぎじゃないね」

目玉焼きには醤油一択だと言うのに。

文句を言っていてもしょうがないので黙って手をつける。

その間、瑞奈は勝手にバナナの皮を剥いてあーん、とやってくるが、非常に食い合わせが悪い。

それでもせっかく作ったのだからと、残さず平らげる。

「ごちそうさま」

「おそまつくんでした」

「様ね」

だいぶ遅めの朝食が終わると、悠己はリビングを出て奥の六畳一間の和室にやってくる。

今は父が帰ってきたときにここに布団を敷いて寝るようになっていて、基本悠己や瑞奈がこの部屋を使うことはない。

父は母が亡くなったあと、急にスピリチュアル系に傾倒しだした。

この和室が一番いい波動を、エネルギーを発している、だとか言い出してもっぱらここがお気に入りなのだ。

さらにパワースポット巡りなどもよくやるようになり、その副産物としてうさんくさいアイテムを収集し持ち帰ってくる。

お守りだの破魔矢だの神棚だの、天然石にブレスレットにカードに見境がない。変なアロマを焚いたりもするので染み付くように匂いが残っている。

部屋にあるふすまの奥は物置になっており、そこにも入りきれなかった父の私物などがごちゃごちゃと置いてある。

悠己がそこを開けて、中にある戸棚の引き出しをあれこれ探っていると、

「ゆーきくん。なーにしてるのん」

後ろから瑞奈の声がして、ひょこっと顔をのぞかせてきた。

瑞奈はいつの間にかパジャマを脱ぎ捨てて下着姿になっている。

「服を着ろ」

「ゆきくんそればっかり」

「服を着ろ」

「ねぇねぇなぁにしてるの？」

「服を着ろ」

何か上に着るまでは相手にしない。今までは甘やかしていたが、やはりはっきり線引きが必要だ。

観念したのか、一度いなくなった瑞奈はぶかぶかのTシャツを一枚上に着て戻ってくる。

例によってパンツが見えるか見えないかぐらいの丈。

「それ俺のTシャツ……」

「むほほ」

「むほほじゃないよ」

変顔をしてみせた瑞奈は、ふと何か思い出したようにくるりと回れ右をすると、部屋の隅に置いてある仏壇のそばへ正座した。

仏壇といっても悠己が両手で抱えられるぐらいの簡素なものだ。母の写真と家族で撮った写真が隣に並んでいる。

「今日おいのりしてなかった」

お祈りというと語弊があるが、瑞奈には一日一回は仏壇に向き合う習慣がある。

それは悠己も同じことだ。瑞奈と並んで正座して、一緒に仏壇と向かい合う。

「まったくそんな格好で、母さんが見たら泣くぞ」

「一緒の服着て仲いいわねぇ。ってうれし泣きするね」

瑞奈は瑞奈で母に「お兄ちゃんと仲良くね」とでも言い含められたのかわからないが、本人は少し解釈を誤っている感がある。

それでも泣きながら写真の前から離れようとしなかったかつての瑞奈の姿をふと思い出すと、それ以上は何も言えなくなった。

瑞奈がぱん、と両手を合わせてぎゅっと目を閉じた。悠己も軽く目を閉じてそれにならう。

「ゆきくん何おいのりしたの？」

「いや神社とかじゃないからさ」

悠己は立ち上がると、再度戸棚を物色し始める。

すると瑞奈も一緒になって覗き込んできて、

「どしたの？　また石？」

「おととい瑞奈が邪魔したせいで間違えたんだよ」

「ふぅん？　ミスってもおいのりポイントからやり直せたらいいのにね」

「たまに難しいことを言うね君は」

またも邪魔され始めてしまい、お目当てのものがなかなか見つからない。

というかあれこれ物がごちゃごちゃしていてよくわからなかった。

父に尋ねようにも昨晩「台風来てるからやめとく」と連絡があり、今週は帰ってこないのだ。

少し心配していたようなので、一応報告もかねて電話して物置きのことを聞こうと思い立つ。

どこに置いたっけと、めったに使わないスマホを探す。

寝室に置きっぱなしだったのを発見して手に取ると、唯李からメッセージが届いていることに気づいた。

アプリを立ち上げて内容を確認すると、

『自撮りでぇす。キラッ』

という文言とともに、一緒に添付データが送られてきているようだった。

(これは……)

悠己が訝しげに画面をタップすると、ぱっと大きく画像が表示される。

「ん？」

一瞬誰だ？ と思ったがすぐに唯李の顔面アップの写真だと気づく。

ぐっと口角を上げた唯李が、目尻へ横ピースをしながら、カメラに向かってウインクをしている。

普段より全体的に顔が白いわりに、唇と頬にはほのかに赤みがさし、まつげがくるっとしていて目がぱっちり黒目も大きい。

（あ、かわいい……）

思わずまじまじと見入ってしまう。

それこそ間近で唯李の顔をジロジロ見るような真似はあんまりしないので、こうしてみると改めて美少女だったんだなあ、と思う。

男子連中があれこれ騒ぐのもわかる。やはり歯並びがいい。

『どしたの急に？』

しかし突然写真を送られてもなんと返したらいいかわからないので、そのまま聞き返す。

すると若干間があったあと、

『プレゼントありがとね。なんかちゃんとお礼言ってなかった気がして。これ、じっと見てるとなんだか気持ちが落ち着くね。すごいパワーあるよきっと』

『それなんだけどごめん、渡すの金運のやつと間違えたみたい』

それきり唯李の返信が途絶えた。

これで用件自体が終わりならそれはそれでいいのだが、画面の向こうでものすごく怒っている可能性もある。

なので一応伺いを入れる。

『ごめんね、怒ってる？』

『ううん全然？　しょうがないよね間違えちゃったなら』

『効いてるなら大丈夫だよね。病は気からって言うしね』

また返信が来なくなった。

ちょいちょい返信が途切れるのはやっぱり怒ってるのか。

しかし「全然?」と余裕たっぷりだったので、単純に忙しいだけなのかもしれない。

「ゆきくんなにしてるんー‼」

とそのとき、いきなり背後から瑞奈が体当たり気味にぶつかってきた。

衝撃で手が滑り、スマホをベッドの上に取り落としてしまう。

すかさずスマホを拾い上げた瑞奈は、画面を覗き込みながら尋ねてくる。

「なに見てたのー?」

「いいから返しなさい」

と手を伸ばしてスマホを取り返そうとすると、

「ゆきくん……」

突然、瑞奈が憐れむような表情を向けてきた。

急にどうしたんだと不思議に思っていると、瑞奈が画面に写っていた唯李の写真を見せてきて、

「ダメだよ? 彼女できないからってアイドルに走ったら」

「違う違う、それアイドルとかじゃないから」

「うそだぁ、絶対アイドルとかでしょこの子。はっ、さてはゆきくん、ついにかわいい子とあらば手当たり次第に見知らぬ他人の画像を……」

「見知らぬ他人でもないって。今ラインしてたから」

ぽろっとそう言うと、瑞奈が血相を変えて身を乗り出してくる。

「えっ、今この人とラインしてるの⁉　うそほんとに⁉　すごいチャンスじゃん！」

「何のチャンスよ」

「ゆいちゃんっていうのかぁ、かわいいなぁ～～。かわゆ～～」

またも勝手に人のスマホをいじりだす瑞奈。

テレビに出ているアイドルを見て「瑞奈のほうがかわいくない？」とか言っちゃう子にしては、これだけ褒めるのは珍しいことのように思う。

瑞奈はするすると画面をスクロールさせながら、「あ～」とかなんとかため息をつきだして、

「も～ダメだよゆきくん、こんなテンション低い感じじゃ。もうちょっとこう、フランクリンにいかないとダメだよ。たとえば～……今どんなパンツはいてるの？　とか」

「おっさんか」

「わっ見てすごい、ゆきくんとシンクロしてる！　面白い！」

瑞奈がぱっとメッセージ画面を見せてくる。

『今どんなパンツはいてるの？』に対し間髪入れず『おっさんか』の返信がついている。

「ってなんで本当に送ってるんだよ！」

「あっ、珍しくゆきくんがちょっと慌ててる」

「返しなさい」

「やだやだもうちょっと！　瑞奈がいい感じにしてあげるから！」

ごねる瑞奈から力ずくでスマホを奪い返す。

これ以上好き勝手やられたらたまったものではない。

すぐに訂正を入れようとすると、続けて唯李からメッセージが来た。

『ヤダーもう！　悠己くんのえっち！』

（何だこのキャラ……）

おっさんか、からの突然の変わり身。あの唯李に限ってこんなこと絶対に言いそうにない。

顔が見えればバレバレなのですぐわかるのだが、文面だけだとなんとも。

またなにか企んでるな……と疑いつつも、こちらもメッセージを送信。

『今の間違いだから』

『もう悠己くんったら……。どんなの想像しちゃってるのかなぁ？』

『リボン付きの白いパンツ？』

そう送るとまたしても返信が途切れた。

いい加減もう終わりかなと思ってスマホをしまおうとすると、瑞奈が横から覗き込んできて、

「ゆきくんダメダメだよそんなふうにしたら！　貸して貸して！」

「あっ、ちょっと！」

悠己の手からぱっとスマホをかっさらうと、器用に両手の指を使って凄まじい速さで文字を入力していく。相変わらずの手さばき。

謎の特技に思わず目を奪われていると、ガンガンメッセージが送られてしまっていることに気づき、慌ててスマホを取り返す。

「なんてことしてくれてんだよもう」

「ねえねえ、なんて返ってきた？」

「ダーメ、もういいから」

瑞奈がわざと頬同士がくっつきそうなぐらいに近づいてきて画面を覗き込んでくるので、ぐっと顔面ごと押しのける。

案の定沈黙してしまっている唯李に対し、悠己はまたも訂正のメッセージを作成した。

◆　◇

一方唯李の部屋のベッドの上では、一人スマホの画面を食い入るように見つめる唯李の姿があった。

昨晩は失敗したが、今日は最初から真希に手伝ってもらってかなーりいい感じにメイクできた。

完成するなり真希が「ヤバイ唯李ちゃん激カワ！　超カワ！」とはしゃぎだしてうるさかったが、こんなにガッツリやったのは初めてだったので正直自分でもビビった。

そのあと、真希によってスマホで写真を激写されまくり自分でも自撮りをかまし「もう写真送っちゃえ送っちゃえ！」とさんざん褒められ乗せられ、フォーーっと舞い上がってハイテンションで悠己に写真を送りつけた。

だが『どしたの急に？』（いきなり何なんだこいつ……）と言わんばかりのローテンションで普通に返されて、一気に真顔になる。

取り繕《つくろ》うようにプレゼントの話題に切り替えたが、さらにそこでも渡された石は間違いだったというとんでもないトラップが発覚した。

（まあ金運でちょうどよかったし？　お金欲しいし？　ストレスとかないし、そもそも別に病んでるわけじゃないし？）

ギリギリギリ……と爪が食い込む勢いで石（金運）を握り込んでいく。

（待てここはこらえろ……今のあたしは小悪魔唯李ちゃん……エロカワ小悪魔……）

だから唐突な『今どんなパンツはいてるの？』などという完全になめくさったエロネタも余裕でかわし、逆に弄んでやらなければならない。

『リボン付きの白いパンツ？』

だがこの一言で「ブフォッ！」と唯李は小悪魔にあるまじき吹き出し方をしてしまう。

やはりガッツリ記憶に残るぐらいに見られて覚えられていたのだと思うと、かぁーっと体の芯から熱くなってくる。

あんなかわいらしいパンツで小悪魔なぞちゃんちゃらおかしいのだ。

やはり自分には小悪魔は無謀だった……と肩を落としかけると、

『写真めっちゃかわいい！』

『超かわいい！』

『ちゅっちゅ』

『ゆい好き！』

『すきすき！』

怒涛の勢いでメッセージが連投されていく。

文字が目に飛び込むやいなや、唯李は目を見開いてまたも「ブフッ‼」と鼻から口からいろいろと吹き出した。

慌ててティッシュで拭いながら、

（ついに獲った！　何だかんだで男は顔か！）

ここに来て時間差でキメ顔自撮り写真の効果が。

一気にボルテージの上がった唯李は、勢いに任せて文字を入力しろくに変換もせず送信。

『あたしもすき！　ゆうきくんすき！』

（はい両想い！　カップル成立！）

やった。やってしまった。

本当なら慎重に焦らして確実な言質《げんち》を取るべき場面だったが、相手のノリに合わせてつい勢い余ってやってしまった。

しかし悠己のほうが早かったのは間違いないのだ。これは完全に勝利。

すかさずうおっしゃあ！　と唯李がガッツポーズをとろうとしたその矢先、すぐさま向こうからも返信が来た。

『ごめん今の勝手に妹が送った』

ブシューッ！　と三度《みたび》盛大に顔面中の穴からいろいろ吹き出す。

耳からもなんか出た気がする。

（ヤバイヤバイヤバイ‼）

パニックになった唯李は反射的にスマホを叩き割ろうかと思ったが、そんなことをしても何の意味もない。

それでも混乱する頭でなんとか起死回生の案をひらめくと、ガックガクの指先で入力する。

『こっちもおねえちゃんがかってに送った！』

!?
?!
GOMEN

どういう状況だよと思わず頭の中で突っ込んだが、とっさに思いついたのがこれしかない。

向こうがどう出るか、画面を食い入るように見つめていると、

『お互い大変だね』

『そうね！　大変ね！』

（危ねーっ、セーフセーフ‼）

なんとかごまかせた。

ごまかせた……。

全身から力の抜けた唯李は、ガクッと首をうなだれた。

つい手を滑らせてスマホを床に落とすと、そのすぐそばでキラっと何かが鈍く光る。

よくよく見ればカーペットの縁に、百円玉が落ちていた。

「やったぁお金だぁ。早速ご利益……ウフフフぅ……」

腕を伸ばして百円を拾い上げた唯李は、それはそれはうれしそうに笑ったとか。

瑞奈とお出かけ

翌日には無事台風も通り過ぎて、久方ぶりの晴天となった。絶好のお出かけ日和《びより》の休日。

とはいえ悠己は特にこれと言って外出する用事はなかったので、リビングでテレビを見ながら一人ぼうっとしていると、部屋着から着替えた瑞奈が姿を現した。

パーカーにデニムジーンズと目立たない格好に、赤い小型のリュックを背負っている。

「出かけるの？」

「うん」

「どこに？」

そう尋ねると、瑞奈はためらいがちに「この前始まったアニメの映画を見に行く、ついでに買い物してくる」と言い出したので、悠己は少なからず驚きに目を見張る。

いつもなら前もって悠己に了解を取って、一緒に来て来てとうるさいのに、今日に限ってはなんの相談もなくいきなりそんなことを言い出したからだ。

もちろん瑞奈が一人で映画を見に行く、なんていうのはこれまでにないことだ。

「一人で大丈夫？」

「……うん」

瑞奈は頷くが、いまいち覇気がない。

どころかそわそわと落ち着きがなく、表情にもどこか緊張が漂っている。

「今日は急にどうしたの？」

「別に……一人で行こうと思ったから」

「本当に大丈夫？　ついてってあげようか？」

そう言うと、瑞奈はちら、と悠己の顔色を窺うような仕草をして、

「……し、しょうがないなぁ、ゆきくんも行きたいっていうんなら」

少し歯切れが悪そうに言う。

心配なのでついていくことにした悠己は、シャツを羽織ってチノパンという適当な格好でとっとと出かける準備を終える。

「ゆきくん準備できた？　さあ行くよ！」

瑞奈は急かすように言って、意気揚々と腕を振る。

瑞奈の両手首には、それぞれ違う色のパワーストーンブレスレットが装着してある。

休日に出かけるときはたいていこの装備だ。

瑞奈に言わせるとこれは魔除けで、魔物を近寄らせないためだという。

その魔物とはいわゆるちょっと見た目怖そうな人たち……のことらしい。

それも判定が甘々で、彼女の基準でいうと慶太郎あたりも魔物認定されてしまうかもしれな

い。

マンションの外へ出ると、瑞奈はMと刺繍《ししゅう》のあるつば付きの帽子をリュックから取り出して、目深にかぶった。

全然関係ないのだが「このMは瑞奈のMね」と母親に言われて購入したもので、ずっと前からお気に入りのものだ。

目的地は、駅をまたいで反対側にある映画館。

付近には本屋やら電気屋やらアニメショップやら、瑞奈の用を済ませる場所は一通り揃っている。

「それじゃ出発！」

そう宣言すると、いったいどういう風の吹き回しか瑞奈は先陣を切って、駅までの道のりを歩き出した。

いつもなら悠己の後ろをひっついてくるだけなのだが、やはり今日は少し様子が違う。

「瑞奈と手をつなぐとゆきくんも魔物に襲われなくなるよ」などと言って無理やり手を取ってきたりもするのだが、そんなこともなく妙に口数も少ない。

しばらく威勢よく歩いていたが、途中コンビニの前にたむろする若い男の集団が視界に入ると、瑞奈は突然歩みを緩め、さっと悠己を盾にするようにして身を縮こまらせる。

露骨に帽子のつばを傾けたりして挙動不審だ。

無事通り過ぎると、瑞奈は再び何事もなかったかのように前に躍り出た。

しかし駅に近づくにつれ人の数が多くなってくると、瑞奈の足取りが徐々に鈍ってくる。

さらに駅構内に入ると中はいよいよ混雑していて、瑞奈は人の流れが見えていないのか、すれ違う人と何度もぶつかりそうになっている。

挙句の果てに、きょろきょろと向かう方角を見失っている始末。

それまで悠己はずっと黙って見守っていたが、さすがに見ていられなくなって瑞奈の手を取ると、するすると人の波を抜けて、駅の西口から東口に出る連絡通路へ向かった。

やっとのことで東口から駅の外へ出ると、すでに時間がお昼を回ってしまったので、目についたファーストフードで昼食を取ることにする。

瑞奈と一緒にカウンターに並びながら「なんにする？」と聞くと、急に「自分で注文する」と始まったので、言われたとおり悠己は自分の分だけ注文をする。

瑞奈はいざ自分の番になって注文を始めたが、声が小さすぎて何度も聞き返されてしまい、結局見かねた悠己が横から口を出して、代わりに注文を済ませる。

「お腹へったね」

席についてほっと一息つくが、瑞奈は小さく頷いただけだった。ちょっと疲れたのか。

それでもハンバーガーにかぶりつくと、「おいしいね」と口元をほころばせて、これから見る映画の話などをしだしていくぶん調子が戻ったようだった。

だがその矢先、隣にちょうど同い年ぐらいの女の子グループがやってくると、露骨に顔をうつむかせて黙り込んでしまう。

あまりやかましいのは悠己も苦手なので、早々に残りを平らげて店を出た。

そこからまた少し歩いて、駅に隣接する映画館へ。

ここでも瑞奈は先導しようと前に立つが、受付の前でぴたっと立ち止まってしまい結局悠己が手続きをする。

チケットを購入し、売店で飲み物とキャラメル味のポップコーンを買ってやって、席につく。

瑞奈はいつもはここでもしゃもしゃとポップコーンを頬張りだすのだが、今日はほとんど手を付けなかった。

やがて照明が落ちて上映が始まると、悠己はここに来て猛烈な睡魔に襲われだした。


「おもしろかったぁ〜〜」

映画が終わって館内を出ると、瑞奈はご満悦の表情であれがこうでこれがこうで……と熱く感想を語りだす。

「ゆきくん途中寝てたでしょ」

「寝てない寝てない」

意識を失ったのはほんのちょっとだ。

そのあと、瑞奈行きつけのアニメショップのあるビルへ。

ここはビル丸々それ系のお店が入っていて、階をはしごすればたいていのものは揃う。

瑞奈のお目当ては、新刊の漫画とアニメグッズ。

漫画はどちらかというと少女漫画より少年漫画を好んで読んでいて、それは悠己とも共有している。

「えっと、今月のおこづかいは～～……」

コミックの棚をあちこち物色しながら、瑞奈はしきりに財布の中身を確認している。

いつもなら問答無用で欲しい物をかごに入れて、「これ買っていい？」と伺いを立ててくるのだが、今日に限っては何やら自分で計算をしているらしくえらく慎重だ。

「これと……これぐらいでいいか」

「それだけ？　今日は少ないね」

「ちゃんと節約しないとね」

父からは生活費こづかい合わせてそこそこの額を預かっているのだが、瑞奈にまるまる渡してしまうと際限がなくなるので、悠己がある程度小出しにして渡して管理している。

なので全部使い切っても問題はないのだが、瑞奈の口から節約なんて言葉が出てくるのは少し驚きだった。

ここでは自分で会計を済ませた瑞奈が、リュックに購入した収穫物を詰めて買い物終了。

「ゆきくんは？」と瑞奈が尋ねてくるが特に買うものもないので、それからはどこにも寄ることなく、ビルを出て駅の西口側まで戻ってくる。

「夕飯はお弁当かなにか買ってこうか」

そう言うと、「牛丼！」と瑞奈が行く手の脇にあった牛丼屋の看板を指さした。

急な思いつきのようだったがちょうどよかったので、持ち帰りで二人分購入する。

さてあとは帰るだけか、と駅出口へと足を向けると、

「は〜？　最初にお姉ちゃんが言ったんでしょ？」

「え〜知らな〜い何それ〜？」

駅とつながっている百貨店の入り口から、買い物袋を下げた女性二人組が何やら言い争いをしながら出てきた。

ふと聞き覚えのあるような声がしたので何気なくちら、とそちらに視線を向けると、その女性の片割れとちょうど目が合った。

「あ」

「あ」

お互いに口を半開きにして立ち止まる。

「ゆ、悠己くん……？」

どこかで見覚えがあるな、とは思ったがそう呼ばれて確信した。唯李だ。

　見慣れた制服姿とは違って完全なる私服だったのもあるが、まさかこんなところで偶然出くわすとは思っていなかった。

　わずかに遅れて悠己が「やあ」と手をあげると、急に唯李の隣を歩いていた女性が唯李の顔に迫りながら、

「おやおやおやぁ〜？　知り合い？」

「……く、クラスメイトの」

　唯李が苦虫を噛み潰したような顔でそう言うと、彼女は「ははーん」という顔をした。

　そしてちょっと邪魔、と唯李を押しのけて悠己の前に立ちはだかる。

「もしかして君が成戸悠己くん？」

「はあ……」

　見ず知らずの相手に初対面でいきなりフルネームを呼ばれるのは、とても不思議な感じだ。

　どう応対すべきか戸惑っていると、

「唯李の姉の真希です。はじめまして」

　真希はゆったりとした所作で小さくお辞儀をした。

　肩まで届くふわふわの茶色の髪がふぁさっと揺れて、かすかに香水の甘ったるいような匂いがする。

「はじめまして……」

悠己は雰囲気に呑まれ、なんとなくそれにならって頭を下げる。

すると顔を上げた真希は、上から下までジロジロと、まるで品定めでもするかのような視線を送ってきた。

これがウワサの姉か、と悠己も負けじと相手の身なりをまじまじと観察する。

なるほど姉妹というだけあって、細かいパーツこそ違えど、唯李とおおもとの顔の作りは似ている。

ただ全体的に少し肉付きが良い感じで、身長も唯李よりわずかに低い。

そしてやはりちょっと大人な落ち着いた感じ。

ぽわぽわとした雰囲気もそうだが、常に口角が上がり気味で、若干目尻も垂れていて、そしてゆったりとした声からしても、とても優しそうな印象を受ける。

今日も見るからにカルシウム足りてなさそうな唯李とは雲泥の差だ。

「会うなら唯李ももっとおしゃれしてくればよかったね〜」

「うるさいな」

唯李がデニムジーンズに白いシャツ、という出で立ちなのに対し、真希は薄い青のワンピース姿。

足元もスニーカーの一方でヒール、というとても対象的な二人。姉妹といえどこれでは断然差をつけられている感がある。

それでなんだかカリカリしているのかな、と思った悠己は、

「昨日の唯李の写真、かわいかったよ」

「えっ……なっ、な、なんでそれ今言うかな⁉」

「今日は普通だね」

「ふ、普通で悪い⁉」

「普通もいいと思うけど」

一気にカっと顔を赤くした唯李が掴みかからんばかりの勢いで迫ってきたが、すぐにはっと足を止めて真希を警戒した。

真希は満面に笑みをたたえながら、唯李へ意味ありげな視線を送ってはうんうんと小さく頷きを繰り返す。

「へ〜へ〜……」

「な、何その顔」

「別に〜？　いつもこんな顔だけど？」

「変な顔」

「あとで覚えときなさいよ」

真希は言葉こそきついがニコニコと笑顔を絶やさない。

唯李のラインを勝手に送ったりもするらしいし、少しお茶目なところがあるのかもしれない。

（仲が良さそうでいいなぁ）

　そう思いながら眺めていると、真希が何事もなかったように悠己の顔へ笑いかけてきて、

「ねえ成戸くん。あ、悠己くんでいいかな？」

「どっちでも」

「私のことは真希でいいよ。あ、真希お姉ちゃんのほうがいいかな？」

　呼び方はなんでもいいのだが、横からジリジリと唯李が無言で圧を送ってくるのはなんとも。

　しかし真希はそんなものどこ吹く風と、まっすぐ悠己を見て質問を重ねてくる。

「悠己くんは、胸とお尻だったらどっちが好き？」

「はい？」

　突然の謎質問を受けて固まっていると、とうとう我慢の限界に達したらしい唯李が、横から真希の顔ごと押しのけて間に入ってきた。

「はいはい、なんでもないからねごめんね～」

「ちょっと唯李！　お姉ちゃんの顔面手で掴んでのけるってどういうこと？」

「それガン○ムファイト中でも同じこと言える？」

「何それ？　……いやあのね、一応性癖確認しておいたほうがいい……」

「だっ、ちょっ……声が大きい！」

　一見きれいどころの二人が何やらゴタゴタやっているので結構目立つ。

普段からこんな感じなのかな、と悠己がぼんやり見ていると、にこっと真希が振り返ってきて、

「立ち話もなんだし、どこか喫茶店でも入りましょうか」

「ちょ、ちょっとお姉ちゃん勝手に……」

今度は真希が唯李の顔をぐい、と押しのけてやりかえした。この姉妹はすぐ手が出てしまうようだ。

「それじゃ行きましょうか」と勝手に話を進めようとした真希が、ずっと悠己の陰に隠れてひっついていた瑞奈の姿に気づく。

「あら？　そっちの子は……」

真希が身をかがめて覗き込むようにすると、何を思ったか瑞奈はぱっと悠己の背後から前に飛び出た。

そしてきっと上目に真希を睨みつけると、

「わ、わたしは……ゆきくんの彼女です!!」

ぎゅっと目をつぶって、声を振り絞るようにしてそう叫んだ。

その一言に、一瞬にしてその場が凍りつく。

当の瑞奈は言うだけ言うと、あとは任せたと言わんばかりに再度悠己の陰に隠れた。

鷹月姉妹はぽかん、とした顔のまま固まってしまって動かなくなる。

この状況いったいどうすべきか迷っていると、瑞奈がぐいぐいと服の裾を引っ張ってきた。

悠己はよろめきながらも、結局「それじゃあ」と手を上げて、そそくさとその場を立ち去った。

◆◇

帰宅後。

リビングに入って荷物を下ろすやいなや、ずっと押し黙っていた瑞奈が突然カーペットの上で正座を始めた。

どうやら自分がヤバイことをしたという自覚はあるらしい。

座りながらきゅっと脇をしめてうつむきかげんに、じっと何事か言われるのを待っているので、

「君は言ってることとやってることが全然違うね？」

彼女作れ、と言いながら自分が彼女宣言とはどういう了見か。

そう尋ねると、瑞奈はちらちらと上目遣いをして、口元をまごつかせる。

「だって、だって……。ゆきくんが、困ってると思って……」

「いやだからってなんであんな……」

「その……ゆきくんが逆ナンされてると思って」

「どこで覚えてくるんだそんな言葉。あるわけないでしょそんなもん」

「だから、『瑞奈が彼女です！』って言ってゆきくんを守ろうと思ったの」

行動の意図がまったく不明だったが、別に悠己を陥れようとしたとかそういうわけではないようだ。

他に言いようがあったような気がしないでもないが、決して悪気があってのことではないとわかって、はあ、と体から力が抜ける。

「……そっか。俺を助けようとしてくれたんだね。ありがとう、瑞奈」

悠己は瑞奈のすぐそばに膝をつくと、「足崩しなよ」と言って頭を撫でてやる。

すると、くっとこわばっていた瑞奈の口元が緩み、

「ふわぁ……お兄ちゃぁあん……好きぃ……。好きじゃなくてしゅきぃ……」

「酒気帯びか」

「もうべろんべろんですわよ」

そんなことを言いながら、腕を腰に回してきてぎゅうっと抱きついてくる。

「わかったからほら。まったく、自分で早く妹離れしたほうがいいとかって言ってたくせに」

「はっ……。つい我を忘れて……今のはナシで」

瑞奈は慌てて体を離すと、キリっと顔を作って離れた位置に座り直す。

そんな瑞奈の姿を見て悠己は少し安堵しながら、

「今日はなんか一日変だったね。どうしたの」

「べつに変じゃないよ。いつもどおり」

「全然いつもどおりじゃないでしょ。急に出かけるとか言い出したのもそうだけど」

ここ数日、家事だなんだやりだしたのもそうだが、全体的にちょっとおかしい。

そう問い詰めると瑞奈は一度視線をそらしたあと、むっと不満そうな顔をしてきた。

「き、今日は……ゆきくんがどうしてもって言うから連れてってあげたけど、本当はゆきくんがいなくても大丈夫なんだからね！」

いったいどの口が言うか、この妹にはまったくの異次元世界が見えているのか。

まあなんとなく意図が読めなくもないが、ことここに至ってずいぶん急というか。

「やっぱり瑞奈はさ、もうちょっとしっかりした友達とかを作るべきだよ。そうすれば一緒に遊んだり出かけたりできるでしょ？」

「瑞奈だってしっかりしとるわい！　ゆきくんこそ瑞奈にくっついてばっかりいないで、早く彼女作ってデートとかしなよ！」

何か譲れないものでもあるのか、瑞奈は烈火のごとく言い返してくる。

「人にばっかそんなこと言って、ゆきくんだって彼女できてないじゃん。むしろ彼女いなくてかわいそうなゆきくんの相手を瑞奈がしてあげてるみたいなとこあるよね」

瑞奈は立ち上がるとふんぞり返って腕組みをしながら、悠己を見下ろしてきた。

やたら挑発的な態度に面食らっていると、さらに瑞奈は続ける。

「だいたいそんなに言うなら、ゆきくんが先に彼女作って見せてくれないとね」

「俺に彼女できたら友達作るって、それ絶対？」

「うん。絶対の絶対」

瑞奈はよどみなくコクコクと頷く。

前にも言っていたときは半分冗談かと思っていたが、わりと本気らしい。

（う〜ん、彼女か……）

名女優唯李

翌朝いつもより少し早めに登校した悠己は、自分の席で一人スマホとにらめっこしていた。

「兄離れ」「反抗期」「彼女」「とりあえず」「妥協」などと言ったワードでネットで検索をかけて調べ物をしていると、ダン、と隣で強めにカバンを机に下ろす音がした。

何事かと見やると、今登校してきたらしい唯李が気持ちつんとした表情で立っている。いきなり不機嫌っぽい。

唯李は続けてがーっと勢いよく椅子を手で引くが、力がありあまったのかそのまま椅子を倒しそうになってしまい、あたふたと持ち直す。

（何やってんだ……？）

若干顔を赤らめてこほん、と咳払いをした唯李は、何事もなかったかのように椅子を元に戻して座った。

謎の奇行を眺めていると、唯李はまるで悠己のせいだと言わんばかりにきっと睨んできた。

「……なに？」

「昨日はお楽しみでしたね」

そういえば唯李とは昨日駅で別れたきりだったのを忘れていた。

瑞奈から話を聞いてこっちはもう解決していたつもりでいたが、あちらはあれきり今に持ち越しているようだ。

「かわいい彼女いるんだ～。この前はいないって言ってたのに……知らなかったなぁ～……」

「違う違う、あれはただの妹だよ」

「うぇっ⁉　それって……」

唯李はいったいどこから出してるんだという変な声を発すると、頬を変に引きつらせながら、

「い、妹だぁ～？　でも向こうはそうは思ってないみたいだけど？」

「そう思ってないも何も実の妹だからね」

「じ、実の妹って言っても、あるじゃないほら、その……」

唯李は言いにくそうに何やら口ごもる。

やはり瑞奈が彼女だなんだと言い放ったのを誤解しているらしいので、

「なんか勘違いしたみたいだよ。俺が見ず知らずの女の人に声かけられてるとかって。それで追い払おうとしたんだって」

「あっ、なんだそういう……。なんかすいませんねぇ、ウチの姉が」

「だけとは限らないかもしれないけど」

「誰が男に飢えたビッチ女じゃ」

唯李は一度ふん、と息を吐くと、軽く腰を浮かせて椅子に座り直す。

それでその話題はもう終わりかと思いきや、またもじとっとした目線を送ってきて、

「あーでもいいですねー。かわいい妹さんとデートだなんて」

やけにつっかかってくるが、デートだなんだとまったくもってバカバカしい。

デートを日本語にすると介護という意味にはならないだろうに。

「かわいい妹ねえ……。最近なんだか反抗的というか……」

昨日の件もそうだが、無駄に余計な料理だの家事だのもやりだして始末に困っている、というようなことをつい愚痴ってしまう。

唯李はしばらく物珍しそうに悠己の話に耳を傾けていたが、一段落すると「ふ〜ん……」と感心したような顔でしきりに頷き出した。

「なんか新鮮だね」

「何が?」

「悠己くんがそうやって怒ってるの。でもなんかいいなー。妹さん大切にされてる感じがして」

「いや怒ってるっていうか困ってるというか……。俺が彼女作ったら自分も友達作るって言ってるんだけど、どうしたものかなって」

「へ、へえ〜……か、彼女ね〜そうなんだ……」

悠己が難しい顔で「ん〜……」と腕組みをすると、ちらちらと様子を窺っていた唯李が、

「い、いやぁ実はあたしも彼氏作れ作れって、お姉ちゃんがうるさくてねぇ～……」

「へえ、大変だね。お互い」

「お、おう……」

それきりその話題は終わった。唯李は無言でカバンの中だの机の中だの整理を始める。

だがその途中で何を思ったか、突然くるっと体をこちらに向けてきた。

「ねえあのさ、あたし名案思いついちゃったかなって」

「何？」

「ちょっと耳貸して」

そう言って唯李は少し周りの様子を気にしたあと、ぐっと椅子から身を乗り出してきて、手を添えながら悠己の耳元にこそりと囁く。

「……あたしが彼女のふり、してあげよっか」

それだけ言うと、唯李はぱっと顔を離して元のポジションに戻る。

そしてにやっと笑いかけてくるので、思わず聞き返してしまう。

「……はあ？」

「はあ？ってことはないでしょ。だからその、妹さんの前でだけニセの彼女みたいな感じで」

「……いやいやそれは無理でしょ」

「どうして？　名案でしょ？　そうすれば妹さんも友達作る、ってなるでしょ」

「そりゃそうだけど、いやそれはさすがに……。そもそも唯李がそこまでする理由は？」

何を言い出すのかと思えば、そんなことをして唯李に何かメリットがあるようには思えない。

おおかた、またなにか企んでいるのだろうが……。

聞き返すと、案の定唯李は虚をつかれたように取り乱し始める。

「り、理由って……あ、あたしはただその……瑞奈ちゃん？　が心配なの。だいたい兄からしてこんな調子であるからして」

「いや俺は友達二件あるけど？　瑞奈は冗談抜きでゼロだから」

「何その低レベルな戦い。なんでそれで自分は大丈夫みたいな言い方？」

ものすごい冷静に突っ込まれた。それ一件あたしのこと入れてないよね？　とも。

「それとも……あれれ？　さては悠己くん……ビビってるのかなぁ～？　それかもしかしてぇ～……フリ、じゃなくて本当に彼女になってほしいとか思ってたり～……？」

そして必殺のにやにや笑い。

やはりそういうことらしい。瑞奈のこともそうだが、こっちもこっちで問題だ。

だいたいニセ彼女だなんだと、どこかのアニメか漫画の話のようなふざけたことを本気で言い出すのも、とうていまともな神経とは思えない。

彼女も精神的にかなり不安定な状態であるからして……しかしだからこそ頭ごなしには否定

せず、優しく受け止めてやらなければと悠己は考える。

「まったくしょうがないなぁ唯李は……」

「何その果てしない上から目線」

「わかったよわかった。言うとおりにすればいいんでしょ」

「なんであたしがすごいわがまま言ってるみたいな感じになってるの？」

「そんなことないよありがとう～。はいはい唯李は優しいねぇ～」

「あ？　金運パンチすんぞ」

唯李がこの前のパワーストーン（金運）を取り出して荒ぶりそうだったので、すかさず全許容スマイルを見せてなだめる。

疲労の激しいこの技、しかし効果はてきめんで、唯李は一度怒っているのかうれしいのか複雑な顔をしたあと「じゃあ決まりね」と最後は上機嫌に切り上げた。

（二人一緒に相手するのは疲れるなあ……）

こっちの妹のほうは突然何が飛び出すかわからないだけに余計だ。

でもまあ、あくまで瑞奈の前でだけこちら彼女ができました、とやる程度ならさしたる問題はないだろう。

それで唯李の気が済めば、というところだが。

非常に行動的なことに、放課後になると唯李は早速「妹さんに報告してあげよう」と言い出して、悠己の家にやってくることになった。

彼女として振る舞うのは瑞奈の前でだけ、ということなので、一度別々に教室を出て、学校から少し離れたコンビニの前で落ち合う。

「お、お待たせ……」

少し遅れてやってきた唯李の様子がちょっとおかしいことに気づく。

しきりに胸元を手で押さえながら、息を吐いたり吸ったりを繰り返しているので、

「……どうかした?」

「な、なんか緊張してきた……」

自分からノリノリで提案してきたくせに、いざとなって尻込みを始めるという。よっぽどビビっているのは自分のほうだった。

本当に何が何だか。こうなってくると二重人格の疑いすらある。やはりかわいそうな子なのだ。

悠己はとりあえず唯李を落ち着かせようと、彼女の腕を取って、

「ほら。手握っててあげるから」

「あっ、うん……ってなにしれっと手握ってんの⁉」

唯李はボールでも投げつけんばかりの勢いで手を振りほどいてきて、大事そうにぎゅっと自

分で自分の手を握った。みるみるうちに顔に赤みがさしていく。

「ああ、ごめん。でもこれから一応付き合ってるフリをしないとダメなわけだし」

「あ、あぁ、う、うぅん……」

唯李はわかったようなわかってないような顔で口をモゴモゴさせたあと、しぶしぶだらりと腕を下ろす。

改めて手を取ると、びくっと一度手が跳ねるようにこわばったが、唯李はやがて観念したようにゆっくり握り返してきた。しっとりと滑らかで柔らかい。

「唯李の手きれいだね」

「そ、そうね……。ゆ、悠己くんも、指長くて、き、きれいね……」

「そう？」

悠己は一度握りあった手を見ると、唯李の顔へそう聞き返す。

すっかり赤くなった頰は緩んでいるようで不自然に固まり、視線もキョロキョロと落ち着かず挙動不審である。

「あ、なんかほんとに付き合いたての彼女っぽい。さすがの演技力」

「で、でしょ？　す、すげーっしょ？」

「その変ににやついてる感じもいいね」

「そ、そらもう女優よ女優」

彼女のフリなんてやってもどうせすぐバレるだろう。

そう思っていたが、これなら案外行けるかもしれないと思い直す悠己だった。

◆　◇

「おかえりなさいませゆきくん様！」

今日うちに帰ってくるときは勝手に鍵あけないでインターフォン鳴らしてね。

という謎のラインが来ていたのでそのとおりにすると、扉が勝手に開いて変な白い帽子に白いエプロン姿の瑞奈が勢いよく悠己を出迎えた。

「ただいま」

悠己がそう言って半歩ずれて、背後に立つ唯李を紹介しようとする。

だが瑞奈は唯李の姿を見るなりくるっと背中を向けて、パタパタと奥に引っ込んでしまった。

その背中は例によってTシャツにパンツ一丁という開放感あふれる装い。基本パンツがギリギリ見えている。

するとそれを見てぶふっと吹き出した唯李が、

「あれなんて格好してんの⁉　下はいてないいじゃない！」

「Tシャツ着てるだけましだよ」

「嘘でしょ？　普段どうなってんの⁉」

まさにいかがわしいものを見るような目をする。

今のあいさつも含めて、まるで悠己がやらせているのではないかと言わんばかりの剣幕だ。

変な誤解をされてはたまらんと、

「なんかメイドブームらしいんだよ今。家事やるとかなんとかって」

そう説明しながら、いっそう訝しげな視線を送ってくる唯李を中に招き入れる。

ひとまずまっすぐ進んでリビングに入っていくが、瑞奈の姿は見当たらなかった。

唯李のことは何も言っていなかったので、急なことで驚かせてしまったかもしれない。

「ちょっと待ってて」

ひとまず唯李をソファーに座らせて、瑞奈の部屋へ。

部屋のドアはわずかに開いていた。その隙間からこっそり外の様子をうかがっている瑞奈に気づく。

目が合うなりドアを閉じられそうになったが、すかさずノブに手をやって押し開ける。

悠己が部屋に足を踏み入れると、瑞奈はバタンと勢いよくドアを閉めて、そのまま背中で扉を押さえるように立った。

「……ふう」

「なぜ閉じる」

これで誰も入ってこれないと言わんばかりだ。

瑞奈はいつの間にかエプロンを脱ぎ捨て、しっかり下にもハーフパンツをはいている。

「なんだよ服着れるじゃないかよ」

「そんな人を原始人みたいに言わないで」

「原始人じゃん」

どうやら赤の他人がいるとちゃんとするらしい。当たり前だけども。

「お客さんだから出てきてちょっとあいさつして」

そう言うと、瑞奈が「耳を貸しなさい」とちょいちょいと手招きするので中腰になって顔を近づける。

瑞奈はやたら優しい口調で、

「ゆきくん。ダメでしょ」

「何が」

「いくら払ってるの」

「いや別にお金払ってレンタルしてるとかじゃないから」

「壷を買う余裕はありませんよ」

「だから違うっての。あの子は……彼女。できたから」

「かっ……!?」

瑞奈は口半開きで声をつまらせると、目を大きく見開いてよろよろとよろめき、しまいに固まった。

そこまで大げさにリアクションすることもないだろうに。

「か、彼女って、どこの誰が……」

「いやほらあれだよ、前に見たでしょ、スマホの写真で」

「写真～～……？」

首をかしげる瑞奈とともにとりあえず部屋を出る。

瑞奈はリビング入り口の陰から、ソファーに座っている唯李をこっそり遠目に覗き込むようにすると、

「あっ、もしかしてゆいちゃん……⁉」

ようやく気づいたようだ。

瑞奈が前に見た写真はがっつり化粧をしている上に、ドアップだったから少し雰囲気が違うのかもしれない。

「生ゆいちゃんだよ……どうしよう……」

瑞奈がおろおろとうろたえ出すと、唯李が若干ぎこちない笑みを浮かべながら手を振ってきた。

瑞奈としては隠れているつもりのようだが、実際はこそこそしているのが丸バレなので、向

こうはものすごくやりづらそうにしている。

「ヤバイ！　手振ってくれたよ今！」

「わかったから。いいから早く出ていきなよ」

背中を押すが瑞奈は足を踏ん張って耐えようとするので、もうラチがあかないと無理やり腕を取って引きずっていく。

そして唯李の目の前までやってきてなお、瑞奈はしつこく耳打ちしてくる。

「……大丈夫？　噛みつかない？」

「一応気をつけて」

「おいそこの男」

全部聞こえているようだ。

まさに噛みつかんばかりの勢いで悠己を睨んできた唯李は、かたやころっと笑顔になって瑞奈に猫なで声を向ける。

「大丈夫だよ怖くないよ～？」

一応唯李にはあらかじめ「瑞奈は超絶人見知りなので気をつけて」とだけは言ってある。

「唯李お姉ちゃんだよ～。お姉ちゃんは優しいよ～優しいんだよ～」

唯李は聞いたこともないような声を出しながら、気味が悪いぐらいにニコニコとしている。

まるで自分に言い聞かせるようにお姉ちゃん優しいを推していくが、普段姉に虐《しいた》げられてもしているのだろうか。

瑞奈はおっかなびっくり……という感じで視線を泳がせていたが、やがて意を決したように唯李へ向き直った。

「あ、あの！」

「はぁい、なんでしょう」

「い、今どんなパンツはいてるんですか！」

「……今なんて？」

優しい唯李お姉ちゃんの顔が一発で引きつった。

瑞奈がさっと身を翻《ひるがえ》して、またも悠己に耳打ちしてくる。

「怒ってるよ、打ち解けようとしたのにぃ……」

「まーたいきなり何言ってるんだよ。どうせ普通の白いパンツだって。リボン付きの」

「おいそこのセクハラ兄貴」

全部聞こえているようだ。

呪いでもかけてきそうな勢いで唯李が睨んでくる。

するとそれを見た瑞奈が、何を思ったかぱっと悠己の前に立ってぺこりと頭を下げる。

「ごめんなさい、うちのゆきくんが変なこと言って……」

「いやもとは俺じゃないからね？」

「三十分いくらですか？　それとも罰ゲーム……」

「だから違うって、しつこいな」

彼女だ、というのがよほど信じがたいらしい。

やがて見かねた唯李が、少し緊張した面持ちで口を開く。

「えっと、悠己くんとお付き合いしてます鷹月唯李です。よろしくね」

「それっていつから？」

瑞奈はぐいっと首を曲げて唯李ではなく悠己に聞きかえしてくる。

細かい設定を何も決めずに来たので、あんまり突っ込まれるとまずい。

「えっと……今日から？」

「今日!?　どっちが告白したの？」

「それは……」

ヤバイ、と唯李の顔を窺おうとすると、

「悠己くんのほうからだよね」

すかさず差し込んできた。まるで当然でしょと言わんばかりの口調。

悠己としてはどうせ嘘なのだからどっちからだろうと何でもいいのだが、何か譲れないものでもあるのか。

「へえ、ゆきくんが……？　ふ～ん……。あ、もしかしてそれって、この前のラインが関係ある?」

「いやそれは関係ない……」

と言いかけて踏みとどまる。

それのおかげだよ、という話にすれば、「瑞奈のおかげだね!」となって案外自然に収まるのではないかと思ったからだ。

「ああ、そういえばあのときのラインで……」

「ち、ちがう! あれは全然関係ないから!」

しかし突然、唯李にぴしゃっと遮られた。

何をそんな顔赤くしてムキになって否定してくるのか。

そもそもあれは姉が勝手に打った、という話だったと思うのだが。

「へ~じゃあほんとにゆきくんが告白したんだ~? どういうふうに?」

どういうふうに? とそのまま唯李に視線で伺いを立てるが、さっと目をそらされた。さっきから全然助けてくれない。

もうこうなったら仕方ないので、悠己がそれらしく取り繕うことにする。

「ええと、唯李のこと好きだから、付き合ってくださいって」

そう言うと、唯李がしきりに口元を手で隠すようにさすりだした。

何かのサインかと思ったが、もちろんそんなものは決めていない。

「ふぅ～ん、それでオッケーしたんだ?」

「ま、まあ……あんまりにもしつこいもんだから、熱意に負けたっていうか……」

「へえ～あのゆきくんがねえ～～……」

なぜそこでちょくちょく余計な設定を入れるのか。

悠己のスペック的にそれぐらいしないと不自然だ、ということなのか。

まあとりあえずそれはいいとして、悠己はいよいよ瑞奈に詰め寄る。

「とにかくそんな感じで……さあ彼女作ったよ。これで瑞奈も友達作らないとね」

「う～ん……急に彼女って言ってもなぁ……」

「彼女は彼女でしょ」

「彼女は彼女でも、心技体すべてそろってないとダメです。なので今から瑞奈がテストします」

瑞奈は「来て」と悠己に向かって言うと、ひとりでにリビングを出ていく。

あくまで唯李には直接話しかけにくいようだ。

「へ～なんか面白そう」

またわけのわからないことを……と悠己が呆れる一方で、いつの間にかやけに上機嫌な様子の唯李は、足取り軽く瑞奈のあとについていく。

どこに行くのかと思いながらそれに続くと、やってきたのは瑞奈の部屋だった。

瑞奈はドアを開け放って部屋の中を指さすと、

「まずは心。それすなわち、くもりない清らかさ……。ということで、ここの部屋を掃除してみせてください」

それがなぜ心なのか理解不能。体よく自分の部屋を掃除させたいだけなのでは。

瑞奈の部屋には今日久しぶりに入ったが、丸まったティッシュだのお菓子のゴミだのが机の上に散乱して、カーペットにも食べかすがまばらに落ちていて、さらにマンガ本やら雑誌やらが無造作にぶんながっている。はっきり言って汚い。

「どう？　ちょっとむずかしいかなぁ～？」

汚部屋を見せつけてドヤる瑞奈。

しかし唯李は別段驚くこともなく部屋を見渡して、なんともなしに言う。

「まあ、うちのお姉ちゃんの部屋に比べたらかわいいもんだね」

「マジか」

「掃除、すればいいんでしょ？」

悠己が瑞奈と一緒になってあっけにとられていると、唯李はずんずんと部屋に足を踏み入れ、てきぱきとゴミの片づけを始めた。

大きめのビニール袋に、ゴミを放り込んでいく素早い身のこなし。

掃除機をかけるのはまず大きなものを整頓してからね、とまるでいつもやらされているかのような手際の良さ。

唯李はあっという間にゴミをまとめ、雑誌を一箇所に積み上げ、テーブルの脇に落ちていた漫画を拾い上げる。

「あっ『五等分裂の妹』……これ瑞奈ちゃんの？」

「むっ……そだけど」

「これあたしも今読んでる！　新刊出てたんだ！」

たしかそれは昨日出かけたときに瑞奈が購入したものだ。

今のお気に入りだと言っていてあれこれ熱く語ってくるが、悠己は読んでいないので適当に相槌を返したばかりだ。

瑞奈は話せる相手とわかるやいなや、「あそこのアレが～、誰それが～」と始まって止まらなくなる。

唯李もさすがお姉ちゃんを自称するだけあって、「うんうん、わかるそれ！」と一緒になって話を盛り上げる。

あまりに楽しそうなので悠己もつい、

「それってどんな話？」

「なんと朝起きたら妹が五人に増殖！　あたしまだ途中だけど面白いよ」

「その話いろいろ無理ない？　リアルに五人になったら間違いなく過労死するね」

「誰の顔見て言ってるの！」

瑞奈がどん、と両手で肩を押してくる。

×5の場合突き飛ばされて壁に激突し大怪我すると思われる。

「ゆきくんはちゃんと中身を見てから文句言いなさい！」

そう言って瑞奈が本棚から一冊取り出して押し付けてきた。

「あっ、いいな～。あたしもこれ読んでいい？」

「瑞奈も一緒に見る！」

瑞奈がそう言うと、二人は仲良く座布団の上に座って、一冊の漫画を一緒に読み出した。

「ゆきくんは一巻からね！」と言われ、悠己も二人にならって漫画を広げる。

いつしか掃除はすっかり忘れ去られ、みんなで漫画を読みふける会となってしまった。

「では次のテストに移りましょうか……。心の次は技。技とはもちろん……お料理！」

やがて新刊一冊をまるまる読み終えると、瑞奈が思い出したかのようにそんなことを言い出し、一同再びリビングへ戻ってくる。

漫画を純粋に楽しむ……それすなわち心。ということで、なんだかわからないが心は終了らしい。

ちなみに唯李とは一緒に漫画を読んで、意外に打ち解けたようだった。ちょっとだけ顔を見て話せるようになっている。

「こっちこっち！」

瑞奈に手招きされてキッチンのほうへ。

台所の上には、タッパーに入れて冷凍してあったご飯が解凍された状態で置いてあり、傍らにボウルと生卵が転がっているという謎の状況。

「なにこれは……」

「ゆきくんにオムライスを作ろうと思ってたところ」

またオムライスとはレパートリーに乏しい。

材料だけは用意してある、ということで瑞奈はさあどうぞと唯李をうながす。

「つまりあたしがオムライスを作ればいいの？」

「ん～……ゆいちゃんにはちょっと難しかったかなぁ～？」

「別に難しいってことはないと思うけど……」

そう言いながら唯李はキッチンに立つと、コンロやフライパンなどの調理器具を一通り見渡しながら、

「やっぱりちょっとうちの台所と勝手が違うなぁ」

「言い訳は無用」

ボソっと言う瑞奈に唯李はくすりと笑ってみせる。かなり余裕そうだ。

「これ冷蔵庫の中のものも使っていいの？」

「どうぞご自由に」

瑞奈は一瞬「他になにか使うものあるの？」という顔をしたが、すぐにわざとらしく険しい表情を作ってみせて、唯李の背後で偉そうにベガ立ちを始める。

やがてとんとんと小気味よく包丁を刻む音や、カチャカチャと手際よく卵を溶く音がして、ライスを炒める香ばしい匂いが漂ってくる。

悠己も一度席を立って瑞奈の隣に並んで、なんとなく唯李の手際を眺める。

機敏にフライパンを回す姿はすっかり板についている感じで、なんというかいつも学校で見る姿とはだいぶ違った印象を受ける。

（やっぱりこき使われているのかな……）

もしやそういった家庭環境が彼女の人格形成に暗い影を……などと椅子に戻って考えていると、テーブルの上に形の良いオムライスの載った皿がゆっくりと置かれた。

湯気の上がる卵の表面には、ケチャップでハートマークつきだ。

「瑞奈は料理にはうるさいからね」

瑞奈は舌なめずりをしながら、出てきたオムライスをあちこち角度を変えて眺める。

本当に好き嫌いがうるさい。

「どーぞ、お召し上がりください」

傍らに立った唯李が笑顔でそうすすめると、瑞奈はスプーンでオムライスの端っこをすくい上げ、くんくん、と匂いをかいだあと、一息に口の中に放り込んだ。

そしてもぐもぐと咀嚼を始めると、

「ウっ……」

と何か言いかけて手で口元を押さえる。

それからゆっくり飲み下したあと、

「……まあまあかな」

「今うまいって絶叫しかけたでしょ」

ちょっと一口、と言って悠己はとぼける瑞奈からスプーンを奪い取って、同様に口に運ぶ。

先日の瑞奈のオムライスはケチャップをかけて炒めただけのものだったが、こちらは刻んだ玉ねぎや冷蔵庫に余っていたウィンナーを細かく切って混ぜ込んである。

肝心の卵も、表面はふんわり中はとろっとしていて、ほとんど文句のつけようがない。

「すごい、おいしい……こうも違うとは」

やるなあ、と思わず感嘆の声が漏れると、すぐそばで唯李がふふん、と胸を張る。

「まあいつもやらされて……やってますから」

言い直したのが少し気にかかるが、この前の弁当といい料理の腕前は文句なしのようだ。

「瑞奈のと、ぜんぜん違う……」

悠己からスプーンを奪い返した瑞奈が、再度オムライスを口に入れてぼそりと言う。

先ほどのテンションとは一転して元気がないように見えたので、

「しょうがないよ、瑞奈はまだそんなに回数こなしてないし」

「ゆいちゃんがまさかオムライス特化だったとは……」

「いや……というか瑞奈この前クッキー食べたでしょ？　あれ作ったのは、何を隠そう唯李だから」

「えっ、てことは隣の席の人って言ってたのゆいちゃんのことだったの⁉」

「そうだよ」

「なんやと！　はよそれを言わんかい！」

ぺしん、と悠己の肩を叩いた瑞奈は、ぱっと椅子から降りると、唯李に向かって仰々しく頭を下げる。

「その節は……おいしゅうございました」

「そお？　ならよかった」

「あの味が、忘れられぬで候」

そう言って、突然唯李にすり寄っていく瑞奈。

要するにまた作れということらしい。

「えっと、今はちょっと材料とかもないから……また今度ね」

「今度……おっしゃ！　イヤァッホォオウ‼」

言質をとった瑞奈はその場で拳を突き上げて飛び上がる。

こうなると瑞奈も唯李を認めざるを得なくなっただろう。

「瑞奈、それでもう気は済んだ？」

「それとこれとは話が別」

意外に粘る。

ぱっと唯李から距離をとった瑞奈は、表情を硬くして腕組みをすると、

「最後は心技体、の体です。これは読んで字のごとく……」

びしりと唯李に向かって指先を突きつけた。

「ボディチェックをします！」

「え？」

心、技とここまで余裕を見せつけていた唯李が、目を丸くして固まる。

瑞奈はおかまいなしに唯李の腕を取ると、さっそく手のひらを撫で回し始めた。

「むほほ、すべすべ～」

「え、ちょ、ちょっと……」

唯李が戸惑いの視線を悠己に送ってくる。

かたや悠己は、いつの間にかあの瑞奈がおじけもせず他人と接しているのを、感慨深げに眺

めていた。

「むっ、ゆきくんが審査をしたそうな顔でこちらを見ている！」

「別にそんな顔で見てないけど」

「でもダメです、そういうんじゃないですから。これはげんせーなる審査ですから！」

瑞奈は「ゆいちゃんきて！」と自分から唯李の手をぐいぐいと引っ張っていく。

唯李は嫌な予感がしたのか少し抵抗する姿勢を見せたが、結局なすすべなく連れ去られていった。

そして悠己はそんな二人をやはり感無量の思いで見送った。

悠己が一人ソファにもたれてテレビを見ていると、しばらくして二人が戻ってきた。

何やら難しい表情をしている瑞奈のかたわら、微妙に顔を赤くしてうつむきがちの唯李。

よくよく見ると、唯李の服はブラウスの襟が少し曲がっていたり、スカートに軽く折れがあったりと、若干衣服の乱れが見られるようだが……。

「うう……」

「どうしたの？」

「触られた……」

奥の部屋でどたばたと音がしたな、と思ったらそういうことらしい。

だがリビング中央にどん、と陣取った瑞奈は、我関せずとすました顔で誰にともなく言う。

「……以上、すべての審査が終わりました。結果は……」

そして一度悠己と唯李の顔を交互に見渡すと、

「ブブーッ！　不合格！」

唇をすぼめて突き出して、大きく両手でバツを作ってみせる。

悠己は唯李と一度お互い顔を見合わせると、唯李が苦笑いをしながら瑞奈に向かって首をかしげた。

「な、何がダメだったかなぁ……」

「ゆいちゃんは合格！　文句なしの星五つSSR！」

「えっ、じゃあなんで……」

「ゆきくん失格！」

瑞奈がびしっと勢いよく悠己を指さしてくる。

完全に油断していたところにまさかの失格。

「なんで俺が失格なんだよ。テストされてないのに」

「なんていうか……ゆきくんにはもったいない」

なるほどそれは確かに言えている。

一部言動に目をつむれば、やはり唯李は学校でもあちこちで噂される紛うことなき美少女。

口に出したらキレられそうだが、意外に家事能力も高くしっかりしていて、悠己自身驚いていたところだ。

「まあ、正直釣り合わないとは思ってるよ俺もね」

「そ、そっかな？　あ、あたしは、そこまでは別に……」

唯李が言いにくそうに口をもにょもにょとやる。加えてこの演技力。

本来なら唯李にとって悠己など、軽く踏み潰していくただの隣の席の男にすぎないのだ。

もちろんそこまでの事情を知るはずのない瑞奈は、首を横に振ってみせて、

「う〜ん……なんていうかこう……愛がね。ゆいちゃんからはそこはかとなく感じるんだけど、ゆきくんからゆいちゃんに対する愛がいまいち感じられない」

「あ、あたしからは感じるって、な、何が⁉」

「ん？」

「あ、ええと……まあ」

唯李はぽっと顔を赤らめながら、ちらちら悠己の様子をうかがってくる。

そこはかとなく漂う愛とやらも、やはり名女優唯李の演技の賜物《たまもの》……悠己はまったく気づかなかったが、女子同士なら通じる何かがあるのだろうか。

「それになんかふたりとも距離があるっていうか……」

二人の立ち位置は物理的にも人三人分ぐらいは離れている。

恋人の距離感、などというものはもちろんわからないが、唯李が頑張って演技してくれてい

るなら、悠己がそれを台無しにするわけにもいかないだろう。

「そんなことないよ、ほら」

そう考えた悠己は立ち上がって、唯李の肩が触れ合うぐらいの距離まで近づく。

「それで？」

「……それで？」

瑞奈がさらに促してくるので、

「えーっと、じゃあ……」

何かそれらしい動作をしたほうがいいのか。

隣で立ちつくす唯李の顔色をそっと窺うと、向こうも同じように探りを入れるような表情を返してくる。

お互い読み合いをしていてもラチが明かないので、ものは試しと悠己は横から肩を抱きしめるように、両腕を唯李の体に回してみる。

「ぴゃっ」

その途端、ビクっと背筋を伸ばした唯李が変な声を上げた。

やりすぎかな？　と思ってまた顔を見ると、あっという間に頬を赤らめた唯李が、ＯＫともＮＧとも取れない微妙な表情をしている。

肩に軽く触れた感触が思いのほか柔らかい、というのもあるが、これだけ至近距離になって

　まず思うのは、

「いい匂いする……なんかつけてる？」

「つ、つけてないけど！」

「ふ～ん……？」

「ち、ちょっと‼」

　これは不思議な……と鼻でくんくん匂っていくと、瑞奈が突然甲高い声で割り込んできた。

「ストぉップ！　妹の前でイチャイチャすな！」

「瑞奈がやれって言ったんじゃん」

「変態オヤジっぽいことしろとは言ってない！」

　瑞奈はプリプリとしながら間に入ってきて、悠己を引きはがす。

　変態オヤジ……？　と悠己が軽くショックを受けていると、

「だからその……ゆきくんはゆいちゃんのどこが好きなのかなって」

　なるほどそういう質問が来るのも当然と言えば当然か。

　だがもちろんそんな打ち合わせなど一切していないので、はたしてなんと答えればいいのか。

　ちら、と唯李の顔色をうかがうと、唯李はぱちぱちとなにやら目でアイコンタクトをして、口をぱくぱくさせているので唇の動きを読む。

「……臀部《でんぶ》？」

「ぜ・ん・ぶ！　誰が尻だけの女だよ！」

「全部って……ふふっ」

軽く肩をこづかれるが、唯李の物言いに悠己はどうにも笑いが止まらなくなる。

「なにわろとんねん」

「なんなの⁉　なんでツボってるわけ？　何も面白くないでしょ⁉」

「全部好きになってほしいって思ってるんだって……なんか面白いなって」

「ち、違っ！　こっ、これはその場のノリみたいなやつで……わかんないかな⁉　だいたいおとなしく『かわいくて優しいとこ』とか言っておけばいいのに！」

「じゃあかわいくて優しいとこ」

「言わされてるよねそれ明らかに。あるでしょ？　たとえば一緒にいてどう、とか」

「うーん、なんだろうな……。唯李は一緒にいると……楽しい？」

「うんうん、それと？」

「……やかましい？」

「やかましいわ」

唯李はどうにもお気に召さないらしい。

すると悠己たちのやり取りを眺めていた瑞奈が、両手を振って待ったをかけてくる。

「はーいストップストップ。もういいです、わかりました。けっこうです」

今ので何がわかったというのか。

もしやニセ彼女だということ見破られたかと思ったが、そういうわけでもなさそうだ。

瑞奈はおもむろにぐっと腕組みをすると、どこか遠くを見るような目をしながら、

「そっかぁ～……ついにあのゆきくんにも彼女が……ここまで成長したかぁ……」

「遠い目してないで、今度は瑞奈の番だからね」

「何の番でしょう？」

「友達」

そう言うと瑞奈はぐりんと目玉を回して目線だけそらした。

ここに来てなお往生際が悪いので、しっかり釘を刺しておく。

「絶対の絶対って言ったよね？」

「ま、まあ瑞奈がその気になったら、楽勝だよねじっさい」

「と言いつつどこ行くの？」

「ちょっとおトイレに」

とかなんとか言って、瑞奈はそそくさと逃げていった。

ふう、と息をついた悠己は、同じく残された唯李に向かって軽く笑いかける。

「どうなることかと思ったけど、本当に彼女だと思い込んじゃったみたいだね」

「ま、まあなんていうか、はたから見たらあたしたち、結構自然な感じに見えなくもないのか

も？って思ったり……」

「そこはかとなく愛を発してたって、唯李の演技のおかげだね。いよっ、名女優」

「い、いや〜もう名演技っすわ。我ながら」

はっはっはと唯李が得意げに笑い飛ばしてくる。やけに声が上ずっていて上機嫌っぽい。

何にせよ、これで瑞奈にもよい変化が現れればいいのだが。

……と、一向にトイレから戻ってくる気配のない瑞奈を尻目に悠己はそう思った。

◆◇

背中のドア越しに、かすかに二人の声が聞こえてくる。

悪い人じゃない。あの人なら、きっと大丈夫。

（……よかったね、お兄ちゃん）

だけど驚きだった。

こんなにもすぐ、あんな彼女を作れてしまうなんて。

やっぱりもともと兄と、自分は、根本的に。

「瑞奈は……ゆきくんとは違うんだから」

小さくつぶやいた瑞奈は、こぼれてくる外の音を遮断するように耳をふさいで、目を閉じた。

デート

それから数日後。

悠己が学校から帰宅すると、リビングのソファーでこれみよがしにスマホをいじる瑞奈の姿があった。

瑞奈がスマホを触っているときは、たいていピコピコ大きな音を出してゲームをやっているのだが、今日はやけに静かだ。

制服から部屋着に着替えて隣に座ると、瑞奈はさっとスマホを伏せてずいっと一人分腰を離した。

「どしたの?」

「ちょっと、友達とラインしてるから」

「友達?」

思わず聞き返すと、瑞奈は若干ぎこちなく笑う。

「そ、そう。友達できたの。へへ……」

「へえ、やったじゃん。名前は?」

「……り、りかちゃん」

「それ人形じゃなくて？」

「し、しっけいな！」

瑞奈はふん、と息巻いて立ち上がり、リビングを出ていってしまった。

それきり自分の部屋からなかなか顔を出さず、飯どきに出てきたと思ったらまたすぐに引っ込んでしまう。

さらにその次の日は、珍しく悠己より遅く学校から帰ってきたかと思えば、

「友達と電話するから、入ってこないでね！」

などと言ってすぐに自分の部屋にこもってしまう。

帰ってきてすぐ電話するぐらいならなぜ別れた。

という疑問もわくが、やがて飯どきになって姿を現すと、

「はーいそがしいそがし。いそがしくてゆきくんの相手してらんないなぁ～」

何やらブツブツと言いながら、せわしなくスマホをいじってみせる。

どうやらメイドブームは風のように去ったらしい。余計な後片付けだのしなくていいのでむしろ楽だ。

瑞奈がずっとそんな調子なので自然と会話は減ってきているが、それでも急に思い出したかのように、

「そういえばゆいちゃんは元気？　あれきり見ないけど」

とチクチク探りを入れてくる。

名女優も少し休養が必要というので、あれ以来家には呼んでいない。

というかリスクを冒してまでわざわざ連れてくる意味もないし、こうなるとほとんどお役御免のように思えたが、

「明日休みなのに、ゆいちゃんとデートしないの？」

そんなふうに言われてしまうと返答に窮する。

仕方なしに唯李にラインでそれを伝えると「しょうがないなぁ〜」という流れで、急遽デートらしきものをする運びとなった。


そしてその当日。

悠己が着替えを終えてリビングに出ていくと、瑞奈もいそいそと着替えをして出かける準備をしている。

なるほどやはりそういうフリだったのかと思ってこちらから聞いてやる。

「瑞奈も一緒に来る？」

「妹同伴でデートするカップルがどこにいますか」

「あれ？　じゃあどこか行くの？」

「ちょっと友達とね」

ふふん、と瑞奈はすました顔をしてみせる。どうやら悠已の予想とは違ったらしい。

しかしそうなると、その正体不明の友達というのがいよいよ気がかりになってくる。

「一応聞くけど、ネットの見知らぬ大きいお友達とかじゃないよね？」

「ち、違う！　学校の友達だから！」

まあそんな見知らぬ人と会うような度胸があるとは思えない。

どうせまた変な意地でも張っているのではないかと、もう一度こちらから提案をしてやる。

「瑞奈も一緒に来る？」

「なんで二回きくの！　瑞奈は友達と遊ぶって言ってるでしょ！」

あくまで学校の友達と遊ぶ、と言い張るのなら、これ以上しつこく突っ込むのも野暮というものだろう。

もしかすると本当に友達、を通り越して男友達……たとえばデートを申し込まれた、というような線もまったくゼロとは言い切れない。

どちらにせよ心配ではあるけども、そういう過剰なおせっかいが逆に瑞奈の独り立ちを阻害してしまっているのかもしれない。

「もう、ゆきくんはせっかくデートなんだから、自分のこと気にしなよ！　瑞奈のことはいいから早く行きなよ！」

「瑞奈もあんまり遅くならないようにね」

やたら急かしてくる瑞奈にそう言い残すと、悠己は先に家を出た。

待ち合わせ場所は最寄り駅前の広場。

徒歩でやってきた悠己は、時間より少し早めに到着する。

やや雲が出ているものの、おおむね天気は晴れで空気もカラッとしていて、とても過ごしやすい天候だ。

時おり心地いい風も吹いていて、こういう日は外でぼーっと太陽の光を浴びているだけでも気分が上向きになる。

悠己が待ち合わせ場所近くのレンガの角に座って、車の行き交う往来や駅から吐《は》き出される人の波をぼうっと眺めていると、ふと目の前に影が落ちた。

「おーい起きてるか～」

顔を上げると待ち人……唯李が悠己の顔の前で、手を細かく左右に振っていた。

悠己と目が合うやいなや唯李はニコっと笑いかけてきて、

「待った？」

「待った。六分遅刻だね」

「こういうときは全然待ってないよ大丈夫って言ったほうがよくない？」

悠己は駅前の時計台から目を離して立ち上がる。

そして改めて唯李のほうへ視線を移すと、唯李は軽く襟元を正しながらはにかんだ。

「ごめんね、ちょっと家でゴタゴタあって出るの遅れちゃった」

今日の装いは胸元にリボンの付いた白いブラウスと、チェック柄の標準丈のスカート。

前回見かけた私服姿とはまるで別人のようだ。まるでお人形のようなかわいらしい格好をしている。

「今日はかわいい服だね」

「今日は、は余計」

ふん、とそう返してくるが、悠己がじっと吟味をするように立ち姿を眺めていると、唯李は居づらそうに自分の二の腕をぎゅっと掴んで目線をあさってのほうに逃がす。

「あ、あんまりじろじろ見ないでくれるかなぁ……」

「あぁごめん。でもすごいかわいいなって。どこかのお嬢様みたい」

そう言うと唯李の口元がゆっくり横に緩みかけたが、悠己の視線に気づくなりきっと真顔を作って、

「そ、それで！　悠己くんはどこに連れてってくれるのかな？」

「いや特にどこっていうのはまったくないけど」

きっぱりそう言い切ると、唯李が顔を近づけてじとっとした目つきを向けてきた。

「……なにそれ。じゃなんで駅に集合って言ったの」

「そのほうがわかりやすいかと思って」

特に他意はない。

そう言うと、唯李は「はぁ～」とこれみよがしにため息をついてみせた。

「よくノープランでって言うけどさ。そこまでガチのノープランってどうなの？　無だよねもはや」

「いやぁなんていうか、なんだかんだで瑞奈も一緒に来ると思ってたんだよね」

「……それってどういうこと？」

「俺と、唯李と、三人で出かけたかったのかなぁって。でも友達できたからそっちと遊ぶって……」

「えっ、すごいじゃない！　早速友達できたんだ？　それならよかったじゃん、なんでそんな困ったみたいな感じなの？」

「いや別にそういうわけでは……まあ少し引っかかるというか」

「悠己くんが変に心配しすぎなんじゃない？　瑞奈ちゃんすごくかわいいし明るいし、ちょっと変わってるかもしれないけど……全然友達が、とかそういう感じには見えなかったけどなぁ」

唯李がそういう感想を持つのも無理はない。

前回、初対面であったはずの唯李とは妙に打ち解けていて、それは悠己自身も驚きなのだ。

「まぁそれはとにかく……いつもは出かけるってなると瑞奈が行きたいっていうところに連れ

て行くだけだからさ」

「ふうん……じゃあ、悠己くんが行きたいところは？」

「特にない」

「帰るか」

「じゃあそれだったら唯李が行きたいところ、どこでもついてくよ」

「え？　あたし？　あ、あたしは別にほら……ねえ？」

水を向けると唯李も唯李でもにょもにょとして、話が進まない。

あれこれ言うぐらいだから、てっきりなにか思うところがあるのかと思いきやこれだ。

「俺こういうの初めてだからよくわからなくて。唯李は慣れてるの？」

「ま、まぁね～……それなりには？」

またも曖昧に濁す。妙に挙動不審だ。

もしかして緊張しているのかな？　とも思ったが、なんだか余裕ぶってもいるのでよくわからない。

お互い案が出ず早くもグダグダになりつつあると、唯李がおもむろにスマホを取り出して操作しだした。

「そ、それじゃまずはそのへんで軽く喫茶店でも入って……」

「あぁ、思いついた。行きたいところあったよ」

「え?」

「じゃ行こうか」

そう言って悠己は唯李の手を取る。

一度ぎゅっと手のひら同士握りあったが、唯李が突然指を引っこ抜くようにぱっと手を離した。

例によって無駄に顔を赤らめながら、

「ち、ちょい! なんで当然のように手握ってるの!」

「あ、あぁごめん、ついくせで……」

「……。ま、まあニセ彼女っていう手前、付き合ってあげなくもないけど……」

「瑞奈もいないのに今はそういうのいいでしょ。あ、でも握ってないと迷子になっちゃう?」

「ならんわ」

結局、お互い微妙な距離を保ったまま、悠己は唯李とともにバスの停留所があるほうへ向かった。

それから二十分ほどバスに揺られてやってきたのは、ここら一帯で最も大きな総合公園。

ここは運動場や体育館のあるエリアと、遊具のある広場やまっさらな芝生が一面広がるエリアに大きく分かれている。

さらにそれとは別に公園外周をぐるっと長い遊歩道が延びていて、悠己たちが歩いているのは、その途上。

人で賑わいを見せる主要エリアを離れて、どんどん人気のないほうへ進んでいくと、次第に周りからは人工物が減っていき、代わりに緑が増え始めて空気の匂いが変わってくる。

「へえ、ここが悠已くんイチオシのデートコースかぁ……」

隣を歩く唯李が周りを見渡しながら、わざとらしく感心したような口ぶりで言う。

それに対し悠已はいつもの口調で、

「そういうんじゃなくて、たまに来るんだよ。一人で」

「一人で？」

「なんかこう、考えが詰まったときとかに」

「それは悪うござんしたね」

「いや今はそういう意味じゃなくて、気に入っているとこがあって」

相談もせず無理やり連れてきてしまって怒っているのかな？

と思ってちらりと唯李の顔色を窺うと、もう今の会話は忘れたように唯李は前方を指さしながら声を張り上げた。

「あっ、池あるよ池！　こっちのほうこんなふうになってるんだ、初めて来た」

唯李の言うとおり奥のほうは楕円形の大きな池になっていて、そこから小さな川がいくつか流れている。

「見てあのくちばしの赤い鳥。速いよ、三倍だよ」

　水の上を泳ぐ鳥などを眺めながら、ぐるりと池の周りをゆっくり進む。

　近くに人影はまばらで、音といえばたまに鳥の羽音がするぐらいのもので、とても静かだ。

「あそこでご飯食べようか」

　悠己が指さした先、池から少し離れたところに、一定の間隔を開けていくつもベンチが立ち並んでいる。

　ちょうどそのあたりは背の高い木々が生い茂り、一帯に渡って木陰ができていてより涼しい。

　悠己にとって特にお気に入りの場所なのだ。

「涼しいねここ」

　唯李が周囲を見回しながら言う。

　悠己は先にベンチに腰掛けると、肩にかけたボディバッグから、コンビニ袋に入ったおにぎりやパンを引っ張り出す。

　ここに来る途中、バスを降りた先にあったコンビニで購入したものだ。

　隣に座った唯李も、同じように自分のカバンから食べ物を取り出した。

　それを尻目に早くも悠己がおにぎりの封を開けて口に頬張ろうとすると、なぜか唯李が指先で百円玉をつまみながら固まっているので、

「どしたのそれ」

「ベンチのとこに落ちてた」

「ついてるね。金運」

「そうね」

その割にあまりうれしそうではないので、「石のご利益だね」と言おうと思ったがやめた。

それからお互いに少し遅めの昼食をとり始める。

唯李が買ってきたのはおにぎりとサンドイッチぐらいのもので、かなり少食だ。

食べている間悠己は無言。唯李もそれにならうようにもそもそと食べ物を口に運んでいたが、やがて耐えきれなくなったように口を開いた。

「……じ、実を言うとね。あたしこうやって男の子と二人きりで出かけるのって、は、初めてなの」

「ふぅん？」

「それで今さ……結構ホッとしてるっていうか。昨日お姉ちゃんにいろいろ言われてて……。初デートであれやったらダメこれやったらダメとか、ご飯はどんなとこでどこはNGとか……。それで何かいろいろ考えてたのバカみたいだな～って」

「そうなんだ？　まあ初デートって言っても別に本当にデートってわけでもない……」

「そうね！　それはわかってるけど！」

急に大きな声出すなぁ……と横顔を盗み見ると、なぜかちょっとご機嫌を損ねたっぽい。

唯李は悠己の食べかけのおにぎりを持つ手元にじっと目線をよこしてきて、

「それがまさか公園でコンビニのおにぎり食べるとは思わないじゃん？」

「あ、ごめん。やっぱりこういうの嫌だった？」

「いやだからそういうことじゃなくて、それが意外とよかったって話！」

よかったと言っている割に若干キレ気味なのがよくわからない。

とりあえずこれがツンデレか、とそう思うことにして、残りのおにぎりを一息に口に入れようとする。

「でもこういうところ来るって最初から言ってくれれば、お弁当とか作ってきてあげたのにななぁ～」

「ホント？　唯李のお弁当また食べたいね」

「ふ、ふ～ん、そう？」

唯李は軽く流したふうを装いながら、ばくっとサンドイッチに食らいついた。

あからさまに挙動が変。よく見るまでもなく、頬がにんまりと緩んでいる。

「唯李ってわかりやすいね」

「う、嘘か今の！」

「ホントだよホント。ふふ」

こちらも自然と表情が緩む。

しかしそれを見た唯李は今度は不審げな顔になって、

「……やけにニコニコだね？　普段めったに笑わないくせに」

「なんか天気がよくてさ。暑くもなく寒くもなく、静かで風が気持ちいいし……」

「そしてこんな美少女が隣にいて」

「あ、瑞奈もちゃんとご飯食べてるかなぁ」

「軽く流してくるね」

ふと瑞奈にラインをしてみようかと思ったが、「ゆきくんいちいちうるさいよ！」とか怒られそうだったのでやめておく。

「唯李はどうなの？」

「あ、あたし？　あたしも……楽しい、かも」

「ならよかった」

悠己はにっこり笑顔になる。

唯李はそう言ったはいいが恥ずかしかったのか、それきり悠己のほうから目線をそらして食べることに集中し始めた。

やがて昼食が終わると、二人一緒になってしばらくぼーっと池を眺める。

とても癒やされるひととき……である一方、お腹がふくれたこともあり、急激な睡魔が悠己を襲ってきた。

徐々に薄目に、まぶたが下がりそうになっていると、それに気づいたのか隣の唯李が顔を覗き込んで笑いかけてくる。

「悠己くん眠そうだね、くすくす……。それじゃあ～……ね、膝枕してあげようか」

「いいの？　やったラッキー」

「ちょ、ちょっと待った！　冗談だから、冗談！」

すぐさまこてん、と行こうとした悠己の頭を、唯李は手で必死に押しとどめる。慌てふためいて顔を赤くしながら、

「違うの、違うでしょ!?　そこは悠己くんが『い、いきなり何言ってんだよ！』みたいに焦って顔赤らめるとこだから！　それがなにを秒で枕にしようとするか！」

「なぁんだ。面白くもない冗談言うね」

「しかもちょっと怒ってない？」

冗談でも言っていいものとそうでないものがある。

眠気が限界に達した悠己にとっては後者。

悠己が「いかん寝てしまう」と訴えるような目線を送ると、唯李は得意げにニヤリと笑って、

「へえ、そんなに膝枕してほしいんだ～？」

「枕ほしい」

「枕ならなんでもいいみたいな言い方ダメ。してほしかったら、かわいいかわいい唯李ちゃん

に膝枕してほしいですって言って」

「かわいいかわいい唯李ちゃんに膝枕してほしいです」

「素直すぎて怖い……」

軽く引き気味だった唯李だが、まんざらでもなかったのかコホン、と一つ咳払いをすると、ベンチに深く座り直してぴっとスカートの裾を掴んで伸ばした。

そしてそのままの姿勢で「ど、どーぞ」と顔は明後日のほうを向きながら、小さな声で言う。

それを見た悠己はためらうことなく横に体を九十度回転させ、上半身を倒して膝の上に頭を載っけていく。

「ふぁ……いい匂い」

「匂いはやめれ！　ていうか向き逆でしょ！」

お腹側にあった鼻先を、ぐりっと頭ごと反対側に転がされる。

顔に触れる太ももが予想よりずっと柔らかくて、非常に良い感じである。

「あ、あ～あ～……ほんとにしちゃったよ……。ねえ、あくまでニセの彼女っていう、そこんとこわかってる？」

「そういうの今関係なくない？」

「ずいぶん都合のいい口だね？」

上から唯李の若干不吉な笑みが落ちてくる。

だがここでせっかく手に入れた枕から離れるわけにはいかない。

悠己はそのまま力を抜いて強引に目をつぶる。

「じゃおやすみ」

「えっ、ちょっ……ま、マジで？」

口ではそういうものの、唯李はいい感じに足の高さとバランスを取ってくれているようで、とても寝心地がいい。

これは安心して頭を預けられると見るや、悠己はあっという間に眠りに落ちていった。

◆　◇

（ほんとに寝ちゃった……）

唯李は自分の膝の上ですやすやと寝息を立てる悠己の顔を見下ろす。

最初は本当に冗談のつもりだったのだが、あれよあれよと向こうのペースに乗せられ、このような事態に。

今少し冷静になってみると、こんな状況をクラスメイトだとか知り合いにでも見られたら非常によろしくない気がする。

向こうはそのへんまったくの無防備というか我関《われかん》せずというか。

あたりを見渡すと、まばらに見られる人影はおじいちゃん、おじいちゃんと子供、おばあちゃんとおじいちゃん。

ぐらいの構成で、パッと見問題はなさそうではある。なんというか、休日に若い男女が来るような場所ではない感じ。

ここで誰か知り合いとばったり、というような可能性はほぼなさそうだ。

もしやそこまで計算ずくでここまで連れてきた……？と一瞬とんでもないやり手を疑ったが、やたら幸せそうな寝顔を見てそれはないな、とすぐ結論する。

「ぐっすり寝やがって。写真撮ったろか」

そう思ってスマホの入ったカバンに手を伸ばすが、下手に動いて起こしてしまうのも、と思い返してやめる。

そこまで気を使う必要性もないのだが、静かな呼吸を繰り返す彼の横顔には、邪魔をしにくい妙な雰囲気がある。

（なんか、かわいいかも……）

こうしておとなしくしていれば無害だ。平和だ。

寝顔を眺めているうちに、つい頭を撫でてやりたくなるような、優しく背中をさすってあげたくなるような、不思議な感覚が芽生えてくる。

自然にドキドキドキドキと胸が高鳴りだして、半ば無意識のうちに頭に手を伸ばしかけて、触れる寸前で我に返ってぴたりと動きを止めた。

もしこれで起きてしまったら、言い訳のしようがない。

「かわいかったからなでなでしてあげたよ」なんていつもの調子で余裕ぶって言えるかどうか。

(ていうかあたしだって眠いのに……)

突然のデートの誘い。

妹の手前デートするフリ、という口上ではあるが、デートであることに変わりはない。

昨晩はあれこれ考えてしまい、目が冴えてしまってなかなか寝付けなかったのだ。

急なことでテンパってしまって姉にデートのことを相談したのもよくなかった。

あることないこといろいろとふっかけられて、何かもう恐ろしい儀式のようにすら思えてしまっていた。

(まーた騙された、くそ)

実際来てみたら楽しい。なんだか常にふわふわ浮かれてる感じ。かと思えば今のように胸がキュッとなったり。

ドキドキと脈打っていた胸の鼓動が時間とともにだんだんと落ち着いてくると、悠己の気持ちよさそうな寝顔に引きずられるように、猛烈な睡魔が襲ってくる。

ただでさえ周りは眠りを誘うような環境。

唯李はぼーっとした目で悠己の寝顔を見つめたまましばらく睡魔と戦っていたが、いつしか首をうなだれ、うつらうつらと船を漕ぎ始めた。


目が覚めて、はっとする。

何かに落ち着けていた頭を持ち上げると、すぐ耳元で声がした。

「あ、起きた」

あっ、となったときにはもう遅い。

いつの間にか起きて普通にベンチに座っている悠己。

そして、その肩にもたれかかって眠っていたであろう自分。

その事実に気づくなり、眠気など一発でどこかに吹き飛んでしまった。

唯李はカっと顔を赤らめて、悠己の胸元に詰め寄る。

「な、なんですぐ起こしてくれないの！」

「起こしたらかわいそうかなって思って。あと寝顔かわいかったし」

そう言って笑いかけられて、さらに顔が火照りだすのを感じる。

全身の血が顔面に集まっていくような気さえした。

「ね、寝てたのっていつから？　どんぐらい⁉」

「結構長かったかな。なんか柔らかいなって思って目が覚めたら胸が目の前にあって、いい匂いするしラッキーって思ったけども苦しくて……」

「待って、もうわかったからそれ以上しゃべらないで」

ご丁寧に情感を交え事細かに説明をされるが、なんだか言葉責めによる辱《はずかし》めを受けている気がする。

どうやら盛大に眠りこけて前のめりになって、胸を悠己の顔面に押し付けて起こすという破廉恥行為をしたらしい。

細かい時間までは覚えていないが、すでに日が傾きかけているところを見るに、熟睡していたのは相当長い時間だったのではないかと察する。

これはかなりのやらかしである。真希に知られたら多分尻を叩かれる。

「ご、ごめん。あたし、寝るつもりじゃ……」

「いいよいいよ、先に寝たの俺だしね。デートなのに二人して寝ただけだったね。あはは」

悠己は腹を立てることもなく唯李を責めるでもなく、ただそう言って口元をほころばせた。

相変わらずののんびりとした口調に、ほんわりと胸のあたりが温かくなり、ほっと安堵の息が漏れる。

唯李はすぐに落ち着きを取り戻すと、一緒になって笑った。

◆　◇

唯李が目覚めて一段落すると、「そろそろ行こうか」と悠己は立ち上がる。

夕暮れの遊歩道を歩いて公園を出て、それからバスに乗り、最寄り駅まで戻ってくる。

バスが駅に到着する間際になって、隣に座った唯李が「どうする？」と目線を合わせてきた。

時間を確認すると、なんだかんだで時刻は夕方五時を回ろうとしていたところだった。

「そろそろ瑞奈も帰ってるだろうから、晩ご飯買って帰ろうかと思って」

「あ……そう」

向こうは駅から電車だ。バスを降りたらそこでお別れになる。

唯李が何か言いたそうな顔をしているので、こちらの都合で勝手に決めるのも悪いかとふと思い返して、

「それでいいかな？」

「え？　あ、あたしは別に……」

唯李は意外に受け身で、瑞奈のようにどうこうしたいと主張してこないから少しやりにくい。

そんなふうに思っていると、そのときふと、唯李の手を強引に引く瑞奈の姿を思い出す。

このまま別れるのも少しもったいないような気もしたので、

「時間大丈夫なら、唯李もウチで一緒に食べる？　瑞奈があれだけ自分から他人に話しかけたりするのって珍しいから、たぶん唯李が来たらうれしいんじゃないかな」

「え？」

驚いた顔をした唯李は少し迷うそぶりをみせたが、「そ、そこまで言うならしょうがないな～」とかなんとか言って、すぐに承諾の意を示す。

悠己は早速瑞奈に『晩ごはん買って帰るね』とラインを送ると、停車したバスを降りて、駅の中にある牛丼屋へ唯李とともに向かった。

この前買って帰ったときに、瑞奈がまた食べたいといたくお気に入りだったのだ。

お店の前までやってくると、メニューを眺めながら何がいいか聞こうと瑞奈に電話をする。

しかし何コールしても出ないままに、留守番電話につながってしまう。

先ほど送ったラインにも既読がついていないので、家で寝ている可能性が高い。

仕方ないのでそのまま唯李の分とあわせて適当に三人分購入し、帰路につく。

いろいろ聞かれても困らないようにちょっと話合わせておこうね、といくつか唯李と打ち合わせをしながら、自宅まで戻ってきた。

ドアの鍵を開けて中に入ると、リビングの明かりはついていなかった。

やっぱり寝てるのか、と思って玄関の敷居をまたいだところで、すぐ異変に気づく。

いつも外に履いていく瑞奈の靴がない。

「瑞奈ちゃん、まだ帰ってないの？」

「みたいだね」

とりあえずリビングへ入っていって荷物を下ろし、再度すぐにその場で電話をするが、瑞奈はやはり出ない。

一応ラインを確認しようと思ってアプリを開こうとすると、ちょうどスマホが震えてメッセージが届いた。

『友達と遊んでるので帰りが遅れます』

との文言。それきりスマホは沈黙した。

悠己はスマホをしまって、唯李に向き直る。

「ごめん、ちょっと俺出てくる」

「え？　どこへ？」

「悪いんだけど、家にいてくれる？　瑞奈が帰ってきたら携帯に連絡してもらっていい？　あとお腹減ってたら先に食べちゃっていいよ」

一方的にそう告げると、悠己は戸惑う唯李を置いて家を飛び出した。

マンションから表に出ると、すっかり日も落ちて外は思いのほか暗くなっていた。

自然と足が早足から小走りになり、悠己は大きく首を振って周囲を見渡しながら、街灯がつき始めた路地を行く。

まず向かったのは近所の公園。

ここは昔から、瑞奈と二人でよく遊びに来ていた場所だ。

さほど大きくもなく、遊具といえばブランコ、滑り台、それに加えて砂場ぐらいのものだが、小さい頃の瑞奈は公園行こう行こうとよく悠己を誘ってきた。

暗くなる頃に迎えに来た母に、一人で乗れるようになったブランコを漕いでみせて、砂場に作ったお山を見せてあげて、母と手をつないで帰る。それが日課だった。

母が亡くなってからはめっきり寄り付かなくなったが、それでも過去にも何度か、瑞奈が一人でじっとブランコに腰掛けて、ずっと誰かを待っているのを見かけたことがある。

そんな光景が一瞬脳裏をちらつくが、現在薄暗くなった公園には人っ子一人いないのが一目瞭然だった。

公園を通り過ぎて、次にやってきたのはその少し先にあるスーパー。

ここは瑞奈が一人で出入りして買い物できる唯一と言っていいお店だ。

昔からよく母と一緒に買い物に来ていて、ここだけは慣れている。

初めて瑞奈が母に頼まれて買い物をしたときも、一人でお買い物できて偉いねと褒められてうれしそうにしていた。

店内はピークタイムを過ぎているようで客の数もまばら。ひとしきり中を探し回るが、それらしき姿すら見つかる気配はなかった。

瑞奈が一人で行くような場所なんて、それこそこの二つ以外、思い当たるフシがない。

もし他にあるとすれば、この前行った駅反対側の映画館、アニメショップのビルだが、しかしやはり一人でそっちまで行ったとは考えにくい。

そもそもこんな時間まで一人で出かけたきり、という状況がこれまでにないことなのだ。

そう頭では思いながらも、悠己は先ほど唯李と来たばかりの道を走って取って返すと、息を切らしながら駅までやってきて、構内を探し回る。

週末の人混みの中、いるかどうかもわからないところから、小さな瑞奈の影を見つけ出すのは途方もないことのように思えたが、悠己はただ無心に体を動かした。

西口から連絡通路を走り抜けて東口へ。

映画館のエントランス、売店を回り、アニメショップのビルを一階から最上階まで全フロアをくまなく探す。

その間何度か瑞奈に電話をかけてみるが、相変わらず留守電につながってしまう。

再度駅へ舞い戻り、あてどなくその周辺を往復するうちに、ふと目に入った壁時計の時刻が八時を回ろうとしていることに気づく。いい加減そろそろ時間が遅い。

とりあえず唯李を帰さないと、と思い悠己は一度急ぎマンションに戻った。

自宅のドアを開けると、唯李が浮かない表情で玄関口まで出てきた。

瑞奈がまだ帰っていないことは明白だった。

いよいよ事の深刻さを察したのか、心配そうな顔をした唯李が、

「悠己くん、汗ふかないと……」

「もう遅いし、唯李もそろそろ帰らないと。駅まで送ってくから」

「でも、瑞奈ちゃんは……」

「大丈夫、唯李を送ってそのまま警察行くから」

「け、警察？　ああでも、そっか……」

言いよどむ唯李とともに家を出て、一緒に階下へ降りていく。

そしてエントランスホールから外へ出ようとした間際、向かいから勢いよく建物の中に入ってきた影が、悠己の二の腕にぶつかった。

「ごっ、ごめんなさ……」

何事か口にした小さな影が、バランスを崩して転びかける。

そして目深にかぶった帽子のつばで顔を隠すようにうつむいたまま、逃げるように通り過ぎようとした。

「瑞奈！」

すかさず呼び止めると、小さな赤いリュックを背負った背中は、ビクっと身をすくめて立ち止まった。

振り向いて悠己を見上げてきた顔は、ひどく怯えた目をしていた。

「あっ、な、なあんだ。ゆきくんか……」

瑞奈はそこでやっと、ぶつかった相手が自分の兄だということに気づいたようだった。

慌てて深くかぶった帽子を取ると、手で頭をかきながら、ぺろっと舌を出して笑ってみせる。

「友達と遊んでたら、遅くなっちゃった」

「なんで電話出ないんだよ」

「……た、楽しすぎて夢中になっちゃって、気づかなかったの」

そう言いながら、瑞奈は悠己の目を一切見ようとしなかった。

代わりに隣に立った唯李が何か言いたげに、ちらりと悠己の顔を見た。

悠己はそれを目で制すと、ゆっくりと瑞奈の頭に手を載せ、ぽんぽんと優しく叩いた。

「そっか。楽しかったんならいいよ。でも次からあんまり遅くならないようにね」

あくまでいつもの口調で、優しく、諭すように言ってやる。

「お腹すいたでしょ？　牛丼買ってきてあるから、早く食べよう」

そう言って、うつむいたままうんともすんとも言わない瑞奈の手を引こうとする。

だが手に触れる寸前、瑞奈は激しく腕を振って、悠己の手を振りほどいた。

「なんで……なんで怒らないの？　うそだって……わかってるんでしょ？　友達ができたとかって……全部、うそだから！」

面を上げた瑞奈が、きっと鋭く睨みつけてきた。

悠己は瑞奈をまっすぐに見返して微笑む。

「そんなことで怒ったりしないよ」

すると瑞奈は一度悠己から目をそらして顔をうつむかせたが、きゅっと唇を噛むように口元を歪ませると、再び勢いよく頭を上げた。

「なんで、ゆきくんは、いつも、いつもそうやって……！　お母さんが……お母さんがいなくなったときも、ゆきくんはなんにもなかったような平気な顔してて！　瑞奈は悲しくて悲しくて、誰とも話したくなくて、ご飯も食べられなくなったのに……おかしいよ！　ゆきくんは変だよ！　どうして、どうしていっつもそうなの！」

耳をつんざくような甲高い叫び声が、あたりに響き渡る。

それでも悠己は微動だにせず、瑞奈が言い終わるのを待ったあと、ゆっくりと口を開いた。

「ごめんね」

「ごめんねじゃなくて！　それじゃ……わかんないよ！　わからないの！」

「……俺はお兄ちゃんだから、瑞奈と一緒になって泣いたりできないんだ」

瑞奈ははっと目を見張って、二度三度、大きくまばたきをすると、手に握っていた帽子をぽそりと床に落とす。

悠己のその言葉に、まったくの虚をつかれたかのようだった。

やがて息を呑んで黙り込んだ瑞奈は、徐々に呼吸を荒げ始め、わなわなと体を震わせだした。

その瞳には、今にも溢れてこぼれんばかりの涙がみるみるうちに溜まっていった。

「……それって、やっぱり全部瑞奈が悪いんだよね。瑞奈のせいで……ゆきくんはずっと我慢して……。それなのに、瑞奈はうそつきでいくじなしで……嫌な子なの！　ゆきくんの気持ちも知らなくて、一人じゃろくになにもできなくて……ゆきくんの邪魔ばっかり、お荷物で！　だから瑞奈なんてほんとは、いなければいい。ゆきくんだってほんとは、そう思ってるんでしょ！」

堰《せき》を切ったように瑞奈の頬を大粒の涙がつたい、そのままぽろぽろとこぼれ落ちる。

それを合図に、瑞奈はいよいよ声を上げて泣き出してしまった。

少し、焦りすぎたのかもしれない。

もう大丈夫、元気だよ。という瑞奈の言葉に、すっかり気が緩んでもいた。

――見ろ悠已、この石の輝きを。すごい力を持ってる人でね、仕事休んでわざわざ沖縄まで行ってきたんだぞ。

――いくらしたのかって？　金のことばかり言うな。母さんのことだって、話したらちゃんとわかってくれたんだぞ。

――いや！　お母さんの作ったのじゃないと食べたくない！

――学校なんて行きたくない！　お母さんのとこにいる！

突然倒れて、病院に運ばれて、あっという間の出来事だった。

心の準備なんて、する間もない。

一つの部品を無くしてずれた歯車。

それは大事な、とても大事な……二度と元通りにはならない、どうやっても替えのきかないものなのかもしれなくて……。

自分一人では、どうやったって……もうどうしようもないことなのかもしれない。

(大丈夫……大丈夫)

ふつふつと湧き上がる黒い感情を、そう言い聞かせて抑え込む。

きっと、大丈夫。大丈夫なはず。今までだってそうやってここまで、やってこれたんだから。

それは何の保証もない、自分だけの思い込みかもしれなかった。

たまたま偶然、うまくいっただけ。折れなかっただけ。

けれども今ここで、自分が頼りない、情けない声を上げるわけにはいかなかった。

悠己は大きく一度息を吐き出して、ゆっくり吸い込む。

そして身をかがめると、懸命に涙を袖で拭う瑞奈の耳元に顔を近づけて、優しくささやきかけた。

「ごめんね瑞奈」

「どうして、ゆきくんがあやまるの……?」

「もう無理に友達作れって、言わないから」

「また、そうやって……。ゆきくんは、彼女作ったのに……」

「違うんだよ。先に嘘ついたのは俺のほうだから」

悠己は一度唯李のほうへ目線を送り、再び瑞奈の目を見つめる。

「唯李は本当は、彼女なんかじゃないから」

「えっ……？」

瑞奈は微塵《みじん》も疑っていなかったらしい。

驚いたように顔を上げて、傍らにいた唯李をじっと見た。

勝手にばらしてしまって悪い、とは思ったが、どの道もう限界だろう。

ごめん、と目配せをしようと、悠己も瑞奈と同じように唯李へ目線を送る。

すると、それまでずっと黙り込んだまま成り行きを見守っていた唯李は、瑞奈を見て、悠己を見て……。

「——ふふっ、なにそれ。……やだなぁ急に変なボケかまして。悠己くん、嫌がらせかな？」

さもおかしそうに吹き出した。

いつものおどけた調子に、悠己は思わず目を見張る。

唯李は床に落ちた帽子を拾い上げて軽く手で払うと、ぽかんとしている瑞奈の頭に載せて、くすっと笑いかけた。

「このお兄ちゃんね、せっかくの彼女とのデート中も、瑞奈ちゃんのことばっかり心配しててね。さっきも瑞奈ちゃんのこと、必死に探し回ってたんだよ？　汗かいてるの初めて見た。だから瑞奈ちゃんがいないほうがいい、なんて、そんなこと絶対ないよ。あるわけない」

唯李の言葉を黙って聞いていた瑞奈は、ぐずぐずと鼻を鳴らしながら口をへの字に曲げて、悠己を見上げてきた。

「なんで……瑞奈のことなんて、もう放っておけばいいのに。ゆきくんは、ゆいちゃんと楽しくやればいいのに……」

「言ったでしょ、瑞奈が元気ならそれだけで幸せだって。でもそうじゃなかったら、誰と何してたってダメだよ」

悠己は中腰になって、瑞奈の体に腕を回し、背中をさすってやる。

熱い体温と、かすかな震えが手に伝わってきた。

「今までどこにいたの？」

「公園の、トイレと……スーパーの……トイレ」

「トイレまでは見なかったなぁ」

思い返せばその片鱗《へんりん》はあったのだ。

妹をそこまで追いやってしまった自分が情けなく思えてきて、一人狭い個室にこもる瑞奈の姿を想像すると、胸が締め付けられるように苦しくなって、二の句が継げなくなる。

するとそのとき、横あいから伸びてきた手が、目の前で妹の頭を優しく撫でた。

唯李は腰をかがめて、瑞奈と同じ高さに目線を合わせて言った。

「あのね瑞奈ちゃん。昔はあたしもね、友達全然いなくって。つまんなくてうじうじしてて、もうお前いらんわっていうノーマルのハズレキャラだったの。でもそれが今ではいつの間にか、ギャグキレッキレ文句なしの星五つSSRキャラなんだから。大丈夫、瑞奈ちゃんも焦らないで、ゆっくり頑張ればいいよ」

——焦らないで、ゆっくり頑張ればいい。

瑞奈に向けられた唯李のその言葉は、まるで悠己にもそう言っているかのようだった。

実際その一言で体の強張《こわば》りが取れて、すっと胸のつかえが下りたような気がした。

いったい何を焦っていたんだろう。

自分もそのつもりで、やってきたはずだったのに。

何があってもこの先ずっとそうすると、決めたはずだったのに。

「瑞奈に友達ができて、一人で大丈夫になって、俺のこと必要なくなっても……俺はずっと、瑞奈のお兄ちゃんだから。だから、兄の日なんてないんだよ」

「お兄ちゃん……」

瑞奈は悠己の胸元に顔を押し当てると、ぎゅっと二の腕を掴み、「ごめんなさい」と何度もしゃくりあげながら肩を震わせた。

唯李はそんな瑞奈を優しい目で見て、それからちらりと悠己の顔に目線をくれると、「内緒ね」とこっそり唇の前で人差し指を立てて、片目を瞬《まばた》かせた。

それに対し悠己は瑞奈の肩を抱いたまま、何も口に出せないでいると、唯李はにこっと歯を見せて、底抜けに明るい声で言った。

「もう、悠己くんも、いつまでもそんな怖い顔してないで。真面目か！　あたしこういう雰囲気苦手なんだよなぁ～……だんまりされると～……」

唯李は肩にかけたカバンをごそごそとやり、メモ帳らしきものを取り出した。

どこかで見覚えがあると思いきや、よくよく見ればいつぞやの大喜利手帳だった。

唯李は手帳をパラパラとめくりながら、

「そんなときこそ、わたくしがここで一発面白ネタを……。あ、ちょうどいいのがあった。お題。無事高校デビューを果たしたケロ助くん。しかし日が経つごとに友達がどんどん去っていきます。なぜでしょう？」

突然始まった大喜利に、悠己と瑞奈はぽかんとして顔を見合わせる。

そんな二人の戸惑いもおかまいなしに、唯李は一人高らかにメモ帳を読み上げる。

「鳴き声が明らかにアヒル。ていうか鳴く」

「語尾にギョギョ？　っていう」

「急にすごい飛ぶ」

「困ると『りょうせいっちゅーねん！』っていう」

「2D。Tシャツから出てこれない」

悠己と瑞奈がクスリともせずに、唯李の一人大喜利を見守っていると、唯李は少し焦りだしたのか、

「カエルだけど水虫！　切れ痔《じ》！」

だんだん雑になってきた。

するとそのときちょうどエントランスに入ってきた若い男女が、ちらちら唯李を見ながら脇を通りすがった。

「……切れ痔だって、くすくす」

「ち、違います、あたしは切れ痔じゃないです！」

唯李が顔を赤らめて必死に弁解をするが、「あ、はは……」と愛想笑いをされて逃げられた。

それを見た瑞奈がぷっ、と吹き出すと、赤い目をこすりながらくすくす、と笑い出した。

つられて悠己も知らず口元が緩んで、いつしか声を出して笑っていた。

隣の席キラー殺し

それから瑞奈を家に置いて、唯李を送るべく一緒に駅へ向かう。

すっかり元気を取り戻した瑞奈は「ゆいちゃんまた来てね！」と別れるのをぐずったが、唯李もそれに笑顔で応えていた。

まばらな街灯をたどって、悠己は唯李と人気のない路地を行く。

「ごめんね、遅くなっちゃって」

「大丈夫大丈夫。むしろ早く帰るとお姉ちゃんに『小学生？』って文句言われそうだから」

唯李はふふふ、と笑ってみせる。

瑞奈がいるうちは黙っていたが、やはりこのまま何も触れずに帰すわけにはいかない。

悠己はひときわ明るい街灯の下で一度立ち止まると、唯李に向かって頭を垂れた。

「ありがとう。瑞奈のこと……」

「ううん、もとはと言えば、彼女のふりだとかってバカなこと言い出したのあたしだから」

「いや、そんなことは……」

気取ることもなく素直な物言いに、悠己は返す言葉に詰まって、そのまま飲み込む。

すると胸のあたりが締め付けられるような、これまでに感じたことのないような、なんとも言い表し難い感情が押し寄せてきた。

自身なんと言えばいいかわからない。こんな気持ちになったのは、生まれてこの方初めてのことだった。

言葉が出ずにうつむきがちに押し黙ってしまうと、唯李がすっと体を近づけてきて下から覗き込むような上目遣いをして、にんまりと笑ってみせた。

「どしたの悠己くん？　黙っちゃって。あ、もしかして～……ふふ、惚れた？　これは唯李ちゃんに惚れちゃったかなぁ？」

その途端、全身を雷に打たれたような衝撃が走る。

そして悠己ははっと顔を上げて、戦慄した。

今の今まで、いつからかすっかり頭から抜け落ちていた。

彼女は……彼女こそが。

これまで数多の隣の席の男子を虜にしてきた、百戦錬磨の隣の席キラーだということを。

悠己は脳内で時間を巻き戻し、素早く独自の推理を展開する。

今までのこの流れ、これはもしや、すべて彼女の遠望な計画のもとに仕組まれた……いや、本人すら想定外のイレギュラーさえも利用する……。

これが隣の席キラーの真の実力。悠己はそこに深い闇の片鱗を垣間見た。

なんて恐ろしい。過去にいったいどんな業を背負ったらここまで……。

それでも自分が今ここで、匙《さじ》を投げるわけにはいかない。

彼女のことも、温かく見守ってやると決めたのだ。

焦らず、ゆっくりと……そう、焦らずゆっくりだ。

「唯李……」

顔を上げた悠己は、できうる限りの優しい目で、まっすぐに唯李を見つめる。

するとにやにやと緩んでいた唯李の表情が、急に引き締まった。

「あのさ、俺、唯李のこと……」

「は、はい！」

ぴっと背筋を伸ばして直立不動になる唯李。

自分の狙いを見透かされて動揺しているのか、不自然に目をそらされた。

しかし唯李はそれを悟られまいと、くっと目に力を入れて見つめ返してくる。

向こうもやる気だ。

彼女の心に巣食う悪魔。

表面に現れたそれが悪さをして、いつしか『隣の席キラー』の異名をつけられた。ひどく手強い相手。

下手に手を出せば、彼女の自我そのものを破壊することになりかねない。

そうならないためには真っ向からぶつかるのではなく、あくまで優しく包み込んで彼女を癒やす必要がある。

「俺は唯李のこと、見捨てたりしないよ。大丈夫だから」

「…………は？　ナニソレ？」

「え？」

お互い見つめ合ったまま謎の硬直が起きる。

目を点にした唯李は、まるで他になにか言うことあるだろ、と言わんばかりの口調。

ならばと悠己は両腕を唯李の体に回して、瑞奈のときと同じように抱きしめて背中をさすってやる。

「ぴぎゃっ⁉」

悪魔の断末魔が聞こえた。

ついに今、彼女は浄化されたのだ……。

悠己が感無量の心持ちでいると、突然伸びてきた手のひらに視界を塞がれた。

ぐっと手で頭部を破壊されそうな勢いで掴まれ、体ごと引き剥がされる。

素早く一歩飛び退いた唯李は、顔を真っ赤にしながら、両腕を胸の前でクロスさせて、

「いっ、いきなり何すんの⁉　せ、セクハラセクハラ‼」

「あれ？　ダメだったかな？」

「だ、ダメっていうか、そういうの、じ、順序があるっていうか……いったい何考えてるわ

け⁉　ていうかこれ、瑞奈ちゃんにさっきやったやつじゃない⁉　使いまわしすんな！」

「まあ焦らずゆっくり頑張ろっと」

「何を⁉　瑞奈ちゃんにはそう言ったけどね、悠己くんはちょっとぐらい焦ったほうがいいよ⁉　勝手に人のことハグしてすました顔してるけど！」

ぎゃあぎゃあとうるさいのなんの。どうやら浄化に失敗したらしい。

もう遅いし静かに。と唯李に向かって人差し指を立ててみせると、おとなしくなった代わりにギロっとすごい剣幕で睨まれた。

やはりこちらは一筋縄ではいかないようだ。

とりあえず今日のところは、これ以上の深追いは禁物。

悠己がくるりと踵を返して再び歩きだすと、唯李は黙ってそのあとをついてくる。

やがて大通りに出て駅が見えてくると、唯李はやっと落ち着いたのか、追いついてきて隣を歩きながらわざとらしくため息をついた。

「はぁ……。まあとりあえずニセ彼女は継続だね。そう言っちゃったから、しょうがないよね。そっ、それかまぁ、面倒ならいっそのこと本当につ……」

「でも唯李は最後に大嘘ぶっこいたよね。ギャグキレッキレとか言った矢先に滑り倒したし」

「なんでそうやってぶち壊すようなこと言うかな⁉　唯李フィンガーもう一発行くか？」

唯李が声を荒らげて腕を振り上げる仕草をする。

そのコロコロと変わる表情がおかしくて微笑み返すと、唯李は一瞬固まったあと、振り上げた手を下ろしてふいっと顔をそらした。

「……まったく、これだからもう……」

唯李がブツブツと独り言を繰り返しているうちに、駅に到着した。

入口付近にはいくつか若い男女のグループがたむろしていたりで、それなりにまだ人は多い。

改札前までやってくると、悠己は唯李を振り返って、

「一人で帰れる？　やっぱり家まで送ってこっか？」

「いい、いいです！　帰れる！」

じゃここで。

と言おうとすると、不意に悠己の顔を見つめてきた唯李が、急に真面目なトーンに戻って口を開いた。

「……でもあたしも、ちょっとびっくりしたっていうか。悠己くんいっつもぼーっとして、力抜けてる感じだけど、意外にシリアスな面もあるっていうか……やっぱり、お兄ちゃんなんだなあって。そういうのなんか、すごく、イイなぁって……」

「いやぁ、今回は俺としたことが不覚にも……参った参った」

「……どういうこと？」

「これだけリアクションしちゃうとなあ、嫌な予感するんだよなぁ……ちょっと」

「え？」

◆
◇

休み明けの早朝。

悠己はいつになっても起きてこない瑞奈を、部屋に叩き起こしに行く。

「ゆっくりだ〜ゆっくりがんばるんだ〜」

「おそすぎ」

とんでもないスローモーションで布団の中をもそもそする瑞奈を、悠己は力任せに引きずり出す。

すると一緒に隠し持った携帯ゲーム機がゴロッと出てきたので没収。

「なにするのひどい、ゆきくんひどいよ！　もう知らない！　家出する！　おそくまで帰ってこない！」

「行ってらっしゃい」

「ゆきくんもっと熱くなろうぜ！　あの日を思い出そうよ！　止めようよ、優しく抱きしめようよ！」

こうしてまた余計な特技が一つ増えてしまった。

そのあと、ぐずる瑞奈をなんとか送り出した悠己は、やや急ぎ足で登校した。

いつものように一人で教室までやってくると、ホームルーム前の喧騒の中をひっそりと抜け、自分の席までたどり着く。

静かにカバンを机に載せ、ガタガタと椅子を引くとその音に反応したのか、隣でスマホをいじっていた唯李がちら、と目線をこちらに向けて微笑んだ。

「おはよ」

「……おはようございます」

そうあいさつを返すと、悠己はそれきり無言で席に座ってカバンから本を取り出し、視線を落とした。

するとすこし間があって、横から唯李の声が飛んでくる。

「ねえねえ、何読んでるの？」

「本」

悠己は目もくれずにそう答える。

またも少し間があったあと、今度は隣からジリジリと無言の圧というか、プレッシャーのようなものを感じていると、急に唯李が身を乗り出してきた。

「ちょっと待って」

「はい？」

「なんでリセットしてるの？」

「リセット？」

顔を上げると、唯李が仏頂面《づら》でじいっとこちらを見ていた。

なんだか責められているようだが、わけもわからず悠己が首をかしげると、

「いやあのね、先週いろいろあったでしょ？　あたしとしてはそれなりに……距離感的なものが縮まったかなって思ってるわけなんですけど。それがなんでリセット……っていうかむしろ悪化してるわけ？」

「なるほど」

「いやなるほどじゃなくて」

朝から何をそんなムキになっているのかと唯李のむすっとした顔を見返していると、なんだか急におかしくなってつい口元が緩んだ。

「でもなんかいいよね。登校してきて、隣に話し相手がいるって」

「全然話す気ゼロだったくせにどの口が言うか」

「席替えしてよかったなぁ」

「え？」

険しい唯李の表情から、急に毒気が抜ける。

唯李はぽかんと口を開けて、それきり悠己を見つめたまま固まってしまったので、

「どうかした？」

「や、その……そんなこと面と向かって言われたことなかったから、すごく……ううん、超うれしい」

意外なところにツボがあるようだ。

「えへへ……」とはにかんで唯李が珍しく素直にうれしそうにしているので、改めて言い直してやる。

「やっぱり窓際は最高だよね」

「ってそっちかい‼」

悠己の一言を皮切りに、唯李はまた再びガミガミと口やかましくなる。

ふと窓の外へ視線を逃がすと、今日の空は雲ひとつない晴天。透き通るような青。

眺めているだけで、気持ちも自然と晴れやかになる。なんとなく、幸せ。

それに、たまには騒がしいのも悪くないと思った。

「いや勝手にＢＧＭにすんなし！　無視すんな！」

2巻に続く

書き下ろし番外編 眠り姫

授業が終わり、その合間の休み時間。

瑞奈は今日とて、誰と言葉をかわすこともなく一人自分の席で佇んでいた。

席はちょうど教室真ん中の列の一番うしろ。

しばらくすると席の近くに二、三人の男子グループができあがり、おしゃべりに笑い声にやかましくなってくる。

（あーやだやだ……）

一番うしろというポジション自体は悪くないのだが、休み時間になると背後の黒板付近のスペースに人が集まりだすのがこの席の難点。

いつものように瑞奈が机に突っ伏して寝たふりを開始すると、

「……おい、静かにしろよ。眠り姫がお眠だぞ」

こそこそと声が聞こえて、男子たちが一段トーンダウンする。

眠り姫。

休み時間をやり過ごすため寝たふりをしているうちに、勝手にそういうあだ名を付けられたらしい。……ということに気づいたのが最近。

三年前、母を亡くして気持ちが落ち込んでいた時期。

学校に行く回数が激減し、家にこもりがちになり、それまでいた数少ない友達はいつの間にか離れていった。

中学に上がりたての頃もちょくちょく不登校をかましたせいで、気づけば教室にはそれぞれグループができあがっていて、中学生活のいわばスタートダッシュに乗り遅れた。

そして一年が終わり、なんとか二学年に上がった今。

進級してクラスが変わったところで何が変わるということもなく、キャラクターも扱われ方も持ち上がりで以前のままだった。

（眠り姫ってなんなんだ……。イジメや……これは高度なイジメ……）

眠り姫などという上等なものではなく、実際は寝たふりぼっち。

とは言ってもそれで、なにか実害があるわけではない。

むしろ今のように周りが静かになったりして、妙に気を遣われている感すらある。

去年は風邪で休むこともよくあり、なんだか病弱な子、というイメージがついて回っているようなのだ。

要するに勝手に姫だなんだと、周りから変に持ち上げられているらしい。

（ノイズ……そう、すべての音はノイズ）

かっこよく心の内で言いながら、瑞奈は眠たげにわざと目をこすって一度顔を上げ、悠己とお揃いで買った周りの音を低減するイヤホンを取り出す。

こうしてプレーヤーを最強の航空機内設定にして、大音量でお気に入りのアニソンを流せばたいていのおしゃべりは聞こえなくなるのだ。

もちろん、このままではいけないことはわかっている。

わかってはいるのだが、自分を取り囲むこの妙な空気。圧力。

これがなんとも非常にやりにくい。

せめてこの学校という空間から離れられればまた違うとは思うのだが……。

――もう無理に友達作れって、言わないから。

(ゆうきくん……)

あのとき微笑んだ兄の顔。

そこからかすかに見て取れた違和感。それを思い出して、ちくりと胸が痛む。

瑞奈はイヤホンの装着をやめてしまいこむと、近くの話し声に耳を傾けた。

もしかしたら、自分も話に入っていける余地があるかもしれない。

「――黒ナイトマジで出ないんだけど。超爆死だよ」

「――いや今回黒ナイトは全力でしょ～」

すぐにぴくりと耳が反応した。瑞奈もプレイしているスマホゲームの話だ。

(ふっ、初回十連で引きましたがなにか？　黒ナイトおりゅ？)

聞き耳を立てながら瑞奈はにやりと内心ほくそ笑む。

もしやここでおりゅすれば仲良くなれるのでは……と、ここぞとばかりに素知らぬ顔でスマホを取り出し、ゲームを起動してチラチラしようと試みる。

が、ゲームが立ち上がる前に男子たちは騒ぎながら教室を出ていってしまった。

仕方なしにそのままログインしてボーナス受け取りをポチポチとやっていると、ふと通路をはさんだ隣の席から視線を感じた。

(むっ……殺気？)

表向き携帯電話は持ち込み禁止なのだ。告げ口でもされるとまずい。

瑞奈は危険を察知してさっとスマホをしまうと、再びがばっと机の上にうつ伏せになる。

瑞奈の眠りサーチ(寝たふりをしながら周囲の音を拾い、クラス内の人間関係を把握する秘技)によると、隣の女子はあまり目立たないおとなしいタイプ。

(高く見積もって友達力五というところ。くっ、三下のぶんざいで……)

ちなみに瑞奈の友達力は圧倒的ゼロ。

しかし考えようによっては、席のポジショニング的にも彼女は狙い目ではある。

実は昨晩、唯李とラインをしていて、どうやったらいい感じに友達を作れるか？　というような話題になった。

『それなら一発ギャグかましてやればいいよ！』

『たとえば？』

『頭の上で両手を組んではぁ〜〜って息吐いて「ハロゲンヒーター！」っていうのはどう？』

ドヤ顔の顔文字付きでそう送られてきた。

文字だけではなんとも言えないが絶対にヤバイ気がする。

（無理だよもう……ゆいちゃんみたいに頭ゆいちゃんじゃないんだから）

そんなことができればそもそも苦労はないという話。

家の中だけならいざ知らず、もともとどちらかと言うと一人遊びが好きなタチなので、あまり大勢でワイワイ……というタイプではない。

ノリノリで素を出せるのは相手に害はないと判断して仲良くなればこそであって、不特定多数にニコニコと笑顔を振りまいたりするのは大の苦手なのだ。

──瑞奈ちゃんも焦らないで、ゆっくり頑張ればいいよ。

（ゆいちゃん……でもハロゲンヒーターはないな。もっとこうスマートな会話術でだね……）

とはいえ肝心の会話がない。待っていても誰も話しかけてきてはくれない。

やはりこの「こっちは眠いんだよ話しかけるなオーラ」を全面に出してしまっているのがよくないのかもしれない。

（がんばって「話しかけてもいいよオーラ」を出してみよう）

意を決して、おもむろに顔を上げる。

その途端、またも横からジリジリと視線を感じてはっと見返すと、かの女子とバッチリ目が合ってしまった。

すると相手の顔色がみるみるうちに赤くなっていく……と思いきや、ぱっと顔をそらされてしまう。

（びっくりした……）

何だか周りに観察されている気がする……以前そう悠己に訴えたこともあるが、「気のせいでしょ」で済まされた。

しかしやはりこれは気のせいではない。今のは間違いなく、寝ている姿を監視されていた。

（これが監視社会……闇の巨大組織……でぃすとぴあ……）

と机の上を見つめながらそう戦慄していると、

「あっ……あの」

突如向けられた声に体がびくっとなる。見ている。間違いなくこちらを。

瑞奈がおそるおそる首をひねると、

「あ、おっ……お目覚めですか、ひ、姫……」

彼女はそう言って笑いかけてくる。が、口元が若干引きつっている。

姫……やはりこの子も組織の息がかかっている。

「あ、ご、ごめんなさい、その……」

「り、りょうせいっちゅーねん！」

「は、はい？」

「水虫だけど切れ痔！」

（……あ、まちがえた。カエルだけど水虫だった）

と気づいたときにはすでに遅い。

相手は頭の上にクエスチョンマークが見えそうなほどにぽかんとした表情になって、

「き、きれじ……？」

まずい離脱だ！

瑞奈は慌ててガタっと椅子から立ち上がる。

だがその拍子に足をもつれさせて転倒し、ビタン、と派手に床に両手をついてしまう。

「あっ、だ、大丈夫……？」

「だ、だいじょびっ」

ボ◯ジョビみたいな発音になってしまったが気にしている場合ではない。

瑞奈は死にものぐるいで両腕に力を込めて、素早く起き上がる。

そして必死に何事もなかった顔を作ると、早足で教室を出て、ほとんど小走りで避難場所であるトイレに駆け込んだ。

（やってもうた……やってもうた……）

がちりときっちり個室の鍵をかけ、頭を抱える。

滑り倒した挙げ句、さらに滑ってかっこ悪く転んだ。両手がじんじんする。

(やっぱりゆいちゃんみたいにはいかないよ……)

なんだかんだ言っても、結局自分はいつものトイレの中。急に悲しさがこみ上げてくる。

突然大喜利を始めて、場の空気をものともしなかった唯李はやっぱりすごいのだ。

自分なんかにはとうてい真似できそうにない。

だってあのとき、唯李は……。

——ち、違います、あたしは切れ痔じゃないです!

通りすがりのカップルにくすくす笑われて、顔を真っ赤にしていた唯李を思い出して、瑞奈はふふっと息を吹き出す。

途端に重たく沈みかけていた気持ちが、ぐっと軽くなった。

(でもゆいちゃんのほうが恥ずかしいよね。おもいっきり笑われてたし……。そうだ、ここはゆうきくんにラインしてがんばったアピールを……)

スカートのポケットに忍ばせたスマホを取り出し、ラインを起動する。

(ええと、『今日ゆうきくんは頭なでなでの刑に……』いやちがうなあ……)

ふと思い返して『お兄ちゃんは……』と打ち直してみるがどうにも気恥ずかしい。

いや何も気負うことはない。今までどおりに……『われこそがトイレの神。あがめたてまつれ！』と素早く打ち込んでみるが、送信する手前で手が止まってしまう。

こんなふうにふざけたメッセージを送ったら、また心配させてしまうだろうか。

そんな考えが頭をよぎり、今まではどうも勝手が違う気がして、戸惑ってしまう。

（どうしよう……）

瑞奈は悠己の顔を思い浮かべながら、再度文面を考え直す。

いつもどこかぼんやりしていて、めったに感情を表に出すことがなくて、口数も少なく言葉足らずで、本気で何を考えているのかわからないときもある。

ずぼらで、不器用で……特別勉強ができるわけでも、運動ができるわけでもない。

いわゆる誰もが羨《うらや》むような完璧な兄とは、まったくもってほど遠いけれども。

思い返せば、辛いときはいつだってそばにいてくれた。ずっと自分を、見守ってくれていた。

うつむいて迷う瑞奈の頭に、そのときふと、優しく撫でてくれた兄の手の感触が蘇《よみがえ》る。

——俺はずっと、瑞奈のお兄ちゃんだから。

「んふふ……」

にんまりと頬が緩んで、じっと止まっていた指先が動いた。

瑞奈は書きかけのメッセージをまるごと削除すると、結局そのままスマホをしまった。

とりあえず今日のところはよくやった。

「ゆっくりがんばろ」

あとがき

どうもはじめまして荒三水《あれさんずい》と申します。

すでにウェブのほうでご存じの方は、いつもありがとうございます。


本作はウェブで連載したものを、書籍用に加筆修正したものとなります。

細々としたところや、まるまる書き換えた部分もあり、話としてのまとまりはウェブ版よりだいぶよくなっているのではないかと思います。

そして何より素晴らしいイラストがついている。内容がちょっとアレだったとしてもそれだけでもう十分元は取れますね。


私普段は『小説家になろう』のほうで活動……というほどのものではないですが、ウェブのほうでわりと好き勝手に書いております。

元来ひねくれ野郎なので放っておくと基本ひねくれた話になってしまうのですが、あるとき読者の方から今流行りのアレを……と天の声をいただきまして、一度冷静に周りを見渡して今作の執筆に取りかかった次第です。

当初は延々二人がくっちゃべっているだけの話でもいいかと思ったのですが、書いているうちに自然と話が転がり、いつの間にかこうなってこうなってこうなりました。

流行りのストレスフリーの甘々恋愛モノ……ということでしたが、蓋を開けてみればこれはもうやらかしてしまってますね。結局いつものやつ。

それが今回ありがたいことに書籍化のお話をいただきまして、あれよあれよという間に出版の運びとなりました。


もともと自分は小説といったら読むのはもっぱら歴史小説で、中高生時代ライトノベルのたぐいには一切触れてきませんでした。

小説家というもの自体には漠然と憧れはあったのですが、まず無理だろうと思っていて特に何かしていた、というわけではありません。

それがあるときライトノベルというものを手にして「これなら自分でも書けるのでは?」と何か勘違いをし、新人賞にすさまじい駄文を送り込んで門前払いを食らいました。

そのときは「うん、これは無理だな」とさっさとあきらめましたが、それでもお話を書くことがすごく楽しいことに気づいたので、書くこと自体は続けていました。

そしてその後ふらふらと行き着いた先が、当時今ほどまだ知名度はなかった(多分)小説家になろうというサイトです。

当初は「小説家になろうって……サイトの名前ですかこれ？　大丈夫ですか？」だとか思いながら登録して（決してディスっているわけではありません）なんとなしに投稿を始めました。

もちろん最初はここから書籍化する、などという大それた考えはなく、どうやったらアクセスやポイントが集まるか？　などなど半分ゲーム感覚で書いていたら、いつの間にか本当に小説家になれてしまうという、まさにサイト名に嘘偽りなし。小説家になろう様様です。

とはいえ自分ごときが小説家などと名乗っていいのかどうかは甚だ疑問ではありますが。


肝心の作品の内容に関しては、ここであれこれ付け足すようなことはないのですが、がっつり主人公に感情移入というよりかは、一歩引いた位置からこいつらアホだなぁぐらいの感じで、温かく見守ってもらえるといいかなと思った次第です。

といっても読み方は人それぞれではありますが、お話なりキャラなりギャグなり、なにか一つでも印象に残ってくれるものがあれば、とてもうれしく思います。


それでは最後になりますが謝辞を。

ウェブでお読みいただき、ブックマーク評価点ならびにコメント等くださった読者の方々。

編集長様、担当編集者様はじめ出版社の方々、イラストを担当してくださったさばみぞれ様。

そして本書を手に取っていただいた皆様に深くお礼申し上げます。

ありがとうございました。

モンスター文庫

必勝ダンジョン運営方法 1
雪だるま
YUKIDARUMA
画 ファルまろ
FARUMARO
ある日、アパートを訪ねてきた女神ルナに、異世界でのダンジョン運営をお願いされた鳥野和也。渋々ダンジョンマスターとなった和也は、まずはゴブリンやスライムを鍛えることにする。2日後、剣士や魔術師、元王女の奴隷などからなるパーティーが、ダンジョンに紛れ込む。和也はゴブリンたちとともに迎え撃つが……露天風呂を作ったり、エルフの少女たちを教育したりと、ダンジョンマスターは今日も大忙し！「小説家になろう」発、大人気迷宮ファンタジー！
モンスター文庫

発行・株式会社 双葉社

隣《となり》の席《せき》になった美《び》少《しょう》女《じょ》が惚《ほ》れさせようとからかってくるがいつの間《ま》にか返《かえ》り討《う》ちにしていた①

2020年2月2日 第1刷発行

著者 荒《あれ》三《さん》水《ずい》

発行者 島野浩二

発行所 株式会社双葉社

〒162-8540 東京都新宿区東五軒町3-28
電話 03-5261-4818(営業)
03-5261-4851(編集)
http://www.futabasha.co.jp
(双葉社の書籍・コミック・ムックが買えます)

印刷・製本所 三晃印刷株式会社

フォーマットデザイン ムシカゴグラフィクス

ISBN978-4-575-75261-8 C0193

Printed in Japan

Mあ05-01